東北スイーツ物語

東北6つの物語

編著／みちのく童話会
装画／ふるやま たく　挿画／おしの ともこ

もくじ

福島県《ふくしまけん》

お届《とど》けします！
スペシャル桃《もも》パフェ

吉田《よしだ》 桃子《ももこ》

「うそーっ。もう、こんなに並《なら》んでる！」

車の窓《まど》から行列を見て、わたしは声をあげた。

「どれどれ」

となりにいる夏葉《なつは》も身を乗り出してくる。小柄《こがら》だから、わたしの妹によくまちがえられるけれど、れっきとした同級生で、六年生。同じマンションに住む幼《おさな》なじみだ。

「えーっ！　あんなに朝早く出発したのに」

わたしは、車を運転しているお父さんに向かって、言った。

「早くしてよ～！　このままじゃ、売り切れちゃう。超特急《ちょうとっきゅう》！　スピードアップ！」

「おいおい、桃奈《ももな》、むちゃ言うなよ。お父さんだって早く行きたいけど、ほら、車もこのとおり渋滞中《じゅうたいちゅう》なんだ」

わたしたちの車の前にも、同じように駐車《ちゅうしゃ》を待つ車がずらり。

「こうなったら仕方ない。桃奈《ももな》、夏葉《なつは》ちゃん。二人で先に車から降《お》りて並《なら》んでなさい。わたしたちは車を置《お》いたら合流するから」

お母さんに言われて、わたしは「うん」とうなずいた。

夏葉といっしょに車を降りて、行列へレッツゴー！

走ろうとかまえた瞬間《しゅんかん》、お母さんの声がとんでくる。

「危《あぶ》ないから、走ったらだめよー。何かあったら、夏葉ちゃんのパパとママに顔向けできないんだからー」

今、まさに猛《もう》ダッシュしようとしていたわたしは「うっ」と前につんのめった。

夏葉のパパとママはふたりとも仕事でいそがしいから、今日は来られなかったんだ。

「夏葉《なつは》、早歩きで行こう」

「うん」

体を左右に揺《ゆ》らし、せかせか歩きながらわたしたちは行列をめざした。

すぐわきには、広い敷地《しきち》に同じ木がずらーっと何本も並《なら》んでいる。

緑色の葉に、ほんのりピンクの実。

ここは、飯坂町《いいざかまち》にある桃《もも》をつくっている果樹園《かじゅえん》。

同じ福島県《ふくしまけん》内とはいえ、わたしたちが住む郡山市《こおりやまし》から、ここ飯坂町までは、車で一時間半くらいかかる。今日も、夏休みだっていうのに朝は六時起きだったんだから！

果樹園の敷地内に入ると、うわあ、どこもすごい人！

桃の入った箱をたくさんかかえている人。

とれたての桃をさっそくほおばっている人。

どの人も、うれしそうな顔してる！　それだけ、ここでとれた桃《もも》がおいしいってことだよね。

「森のスイーツ屋さんにお並《なら》びの方はこちらで～す」

『最後尾《さいこうび》』と書かれた札《ふだ》を持った人に案内《あんない》されて、わたしたちは行列に並んだ。

人だかりでここからは見えないけれど、この先に『森のスイーツ屋さん』というカフェがあるんだ。

行列の理由は、カフェで出している「桃パフェ」！

とれたての新鮮《しんせん》な桃をたっぷり使ったパフェは、毎年大人気。

この季節《きせつ》にしか食べられないレア感もあって、ここの桃パフェを食べた夏は、何かいいことがあるっていうウワサもあるくらい。

「ざっと見て五十人はいるかもね」

飯坂町《いいざかまち》のまるせい果樹園直営《かじゅえんちょくえい》のカフェ「森のガーデン」名物の「桃《もも》パフェ」。季節《きせつ》ごとに、桃・ぶどう・柿《かき》などのフルーツを丸ごとぜいたくにのせる。
画像提供：まるせい果樹園

夏葉《なつは》が言った。

「えーっ！　五十人！　ねえ、夏葉、パフェって食べるのにどれくらいかかる？　ちょっと待って！　ひとり一分で計算しても五十分はかかるってことじゃない！」

大声でまくし立てるわたしを、夏葉は「まー、まー」となだめてきた。

「長期戦《ちょうきせん》になるから、体力は温存《おんぞん》しておいたほうがいいよ」

今日は雲一つない晴れ。しかも、夏の太陽がアスファルトをじりじり照《て》らして、こうして立っているだけで汗《あせ》が止まらない。

「長期戦《ちょうきせん》かあ。でも、それを予想して、ひんやりグッズも買ってきたじゃない」

わたしは、リュックのなかをごそごそ……って、あれ？

「やだあ！　コンビニで買ったもの、ぜんぶ車に忘《わす》れてきちゃった！」

わたしは夏葉《なつは》に泣《な》きついた。

ここへ来る前、厳《きび》しい暑さにそなえるため、冷《つめ》たいお茶や、体をふくとひんやりする冷感《れいかん》シートをコンビニで買ってきたのだ。

「はあ、桃奈《ももな》はいつもあわてんぼうなんだから。まあ、いいよ。そのうち桃奈のお父さんとお母さんも来るでしょ。そのとき、持ってきてくれるよ」

「うん……」

あれ？

気のせいかな。今、一瞬《いっしゅん》、目の前がクラッとしたような……。

そう思ったとたん、ぐらりと空がひっくり返った。

「ひゃあ、桃奈《ももな》！　桃奈！」

わたしを呼《よ》ぶ夏葉《なつは》の声が、だんだん遠くなっていく。

「……な、も、も、な……」

「はあ～っ」

テーブルに広げたスケッチブックをめくりながら、わたしはため息をついた。

スケッチブックの表紙には、こう書いてある。

――『夏休み体験《たいけん》ブック』

わたしと、夏葉《なつは》で書いた。

なかには、夏休みの一日目から、昨日《きのう》、七月三十日までのことが、写真と文章で記録《きろく》されている。

夏休みの自由研究かって？　ちがう、ちがう、これを自由研究でーすなんて言って提出《ていしゅつ》したら「日記じゃないのか」って先生からツッコミが入りそう。

「桃奈《ももな》～、夏葉ちゃんよー」

お母さんの声が聞こえて、わたしはのろのろと立ちあがった。

部屋を出て玄関《げんかん》へ行くと、夏葉が立っていた。

「はい、おみまい」

夏葉《なつは》がくれたのは、よく冷《ひ》えたスポーツドリンク。

わたしの部屋に入った夏葉は、スケッチブックを見て「どうする、これ」と言った。

「やる気なくした」

わたしは、ベッドにごろりと寝転《ねころ》んだ。

「おいおい、たった一日のザセツでその調子じゃ完走《かんそう》できませんよ」

夏葉があきれたように言いながら、スケッチブックをめくった。

「いいじゃん。これから花火大会だって、夏まつりだってあるんだ。それを記録《きろく》すればいいんだよ」

「でも〜、桃《もも》パフェが一番のメインだったんだよ〜。夏葉だって、メインのない食事なんて食べたいと思う〜？」

自分が情《なさ》けなくなって、わたしはタオルケットを頭まですっぽりかぶった。

でも……、

「あっつい！」

すぐにタオルケットをはらい、足でけとばす。

「よかった。桃奈《ももな》、元気そうだね。昨日《きのう》は、びっくりしたよ」

夏葉《なつは》が笑《わら》う。

昨日、わたしは果樹園《かじゅえん》で倒《たお》れたのだ。

桃《もも》パフェめあてで行列に並《なら》んでいたとき、とつぜん、目の前が暗くなって、気がついたら救護室《きゅうごしつ》というところで寝《ね》かされていた。熱中症《ねっちゅうしょう》だった。

「ご迷惑《めいわく》をおかけしてすみません」

ぺこぺこ謝《あやま》るお父さんとお母さんに果樹園の人たちは「いえいえ」と手をふった。

「これだけ暑いと仕方ありませんよ」

毎年、わたしみたいな人はたくさんいるんだろうな。果樹園《かじゅえん》の人は慣《な》れたようすで冷《つめ》たいおしぼりやお茶を出してくれた。おかげで、わたしはすぐに回復《かいふく》したけれど……。

「あっ、桃《もも》パフェ……」

思い出したように言うと、果樹園の人は気まずそうな表情《ひょうじょう》になった。

「ごめんねー。アイスクリームの在庫《ざいこ》がなくなっちゃって。今日は、もう売り切れ」

「ええっ。そんなあ」

こうして、わたしは桃パフェを食べずに、家に帰ってきた。

ベッドから降《お》りて、もう一度テーブルの『夏休み体験《たいけん》ブック』をめくる。

「七月二十九日。ここに桃《もも》パフェの写真があるはずだったのに〜。くやしい〜」

わたしは、テーブルをどんどん叩《たた》いた。

「夏葉《なつは》ちゃ〜ん。桃奈《ももな》〜」

ドアのむこうで声がして、お母さんが部屋に入ってくる。

「昨日《きのう》買ってきた桃、よーく冷《ひ》えてるわよ」

お母さんはカットした桃をテーブルの上に「はい」と置《お》いて、出ていった。

「おいしー」

わたしより先に夏葉は桃をもぐもぐほおばっている。

赤ちゃんのころから同じマンションに住んでいるわたしたちは、ずっとこんな調子で、ひまさえあれば、いつもいっしょにいる。

わたしの部屋に集まって、おしゃべりをして、おやつを食べて……。

だけど、今は、ひとり足りない。

「桃《もも》パフェがなくたって、統也《とうや》は許《ゆる》してくれるよ」

夏葉《なつは》が、ぽつりと言った。

統也。

同じマンションの幼《おさな》なじみ三人組。

わたしたちは、ずーっと三人でいっしょにいた。

今年は小学生最後《さいご》の夏休みだから、何か特別《とくべつ》なことしたいよねーって、そう言ってたのに、統也ったら！

「ドジだよね。夏休み前日に骨折《ほねお》るなんて」

夏葉が言った。

そうなのだ。

統也《とうや》は、夏休み前日、マンションの花だんからジャンプして骨折《こっせつ》した。

ただの骨折とあなどるなかれ、なんと、足の骨が二本も折《お》れていて、足首の骨《ほね》に穴《あな》をあけて（ひええ〜っ、考えたくないっ）、針金《はりがね》を入れるという大手術《だいしゅじゅつ》までしたのだ。もちろん全身麻酔《ぜんしんますい》。

しかも、入院期間は一か月半！

夏休みが終わっちゃう！

だから、わたしと夏葉《なつは》は決めたんだ。

『夏休み体験《たいけん》ブック』をつくって、統也にプレゼントしようって。

夏休みの一日も取りこぼすことなく、ぜんぶ記録《きろく》して、まるで、統也もそこにいっしょにいたみたいな手づくりの本をつくろうって。

メインは、飯坂町《いいざかまち》の果樹園《かじゅえん》の桃《もも》パフェ。

なぜなら、去年、小学五年生の夏、テレビで桃パフェを見た統也が言っていた。

「めっちゃうまそー。行きたいな、果樹園《かじゅえん》」

あのころ、わたしも、統也《とうや》のお父さんとお母さんも、

「桃《もも》パフェなら、近くのファミレスにもあるでしょ」

って、てきとうに答えていた。

「飯坂町《いいざかまち》かあ。県内だけど遠いわよね。それに、同じ県内でも、あのあたりって特《とく》に暑いし」

「そうそう、統也。桃なら、近所のスーパーでも売ってるから、な！」

おたがいの親たちもそんなことを言って、ごまかしていた。

「えー、おれ、本格的《ほんかくてき》なやつが食べたい。とれたての桃を使ったパフェじゃないと意味ないよ。ファミレスのだったら、全国どこでも同じじゃん。でも、ここは、福島《ふくしま》なんだぜ？　せっかく本場の桃が食べられるっ

ていうのに」

統也《とうや》は、そうやって、ぶーぶー文句《もんく》を言っていた。

もし、そのすぐ先の未来《みらい》で統也が骨折《こっせつ》して入院してしまうってわかっていたら、あのとき、大人たちはぜったいに果樹園《かじゅえん》に連《つ》れていってくれただろうなあ。ま、仕方ないけどね、わたしたち予言者《よげんしゃ》じゃないんだし。

「桃奈《ももな》、あきらめるのはまだ早いよ。桃《もも》パフェがなくても『夏休み体験《たいけん》ブック』完成《かんせい》させよう。今週、うねめまつりあるじゃん。踊《おど》りの練習する？　みなさん、みてねで　まざんねか～い♪」

夏葉《なつは》が歌った「うねめまつり」の踊りの歌は、音程《おんてい》がちょっとずれていて、わたしは、ふふっと笑《わら》ってしまった。

「あーっ、笑ったな。わたしはね、わざとはずして歌ったんだぞ！　桃奈を笑わせようとして」

「はいはい」

わたしは、テーブルの上の桃《もも》をパクッと口に入れた。

「おいし～」

桃パフェは食べられなかったけど、桃は三箱も買ってきた。まだまだたくさんある。食べきれるかなあ……って、そうだ！

「夏葉《なつは》！　わたし、いいこと思いついた！」

四角い箱のようなリュックを背負《せお》ったわたしを見て、夏葉が言った。

「おーっ！　桃奈《ももな》、すごい！　そうしてるとプロフェッショナルに見える」

「夏葉も背負う？　これ」

リュックをおろして、そう言うと、夏葉は「いい、いい」と首を横にふった。

「届《とど》いたときに背負《せお》ってみた。でも、わたしは、ほら、背《せ》が低《ひく》いから、こんなに大きいリュックだと、まるでカタツムリみたいじゃん」

「あははっ。でも、これ、すごいねえ」

わたしは、あらためて四角いリュックをまじまじと見た。

これは、東京《とうきょう》で大学生をしている夏葉《なつは》のお兄ちゃんが送ってくれたものだ。

飲食店の食べものを家庭へ配達《はいたつ》するときに使うもので、お兄ちゃんはそのアルバイトをしている。

「これ、ぜったい統也《とうや》にウケるよ」

そう、わたしが思いついた「いいこと」！

果樹園《かじゅえん》で買ってきた桃《もも》を使ってつくったパフェを、入院している統也に届《とど》けるんだ！

「それなら、お兄ちゃんにあれを借《か》りよう」

そう言って、夏葉《なつは》は東京《とうきょう》にいるお兄ちゃんにメールした。

夏葉のお兄ちゃんも統也《とうや》の入院のことは知っていて、そういうことなら本格的《ほんかくてき》にやれ！　って、配達《はいたつ》用のリュックを貸《か》してくれた。東京から、わざわざ宅配便《たくはいびん》で送ってくれたんだ。

「リュックは問題ないけど、いちばん大事なのは、パフェの味」

夏葉がぽつりと言って、はっと現実《げんじつ》に引き戻《もど》された。

のんびりしてる時間はない。

桃《もも》が新鮮《しんせん》なうちに、最高《さいこう》のパフェをつくらなくちゃ！

パフェの器《うつわ》は、百円ショップで買ってきたプラスチック製《せい》のグラス。

まず、コーンフレークを食べやすいように細《こま》かくくだいてグラスの底《そこ》に敷《し》き詰《つ》める。

桃《もも》でつくったジャムをちょっとかけたら、次に入れるのは、お砂糖《さとう》なしの、ヨーグルト。これは、口のなかをさっぱりさせるため。

薄《うす》くスライスした桃でふたをして、その上にのせるのは、桃のコンポート。

カスタードクリームをのせたら、次はアイスクリーム。

いろんな味を試《ため》したけれど、一番しっくりきたのは、やっぱり牛乳《ぎゅうにゅう》たっぷりのバニラ味。

デコレーション用の、星型《ほしがた》のチップをぱらぱら～。うん、いい感じ！

そして、いよいよ……。

皮をむいた桃《もも》を、まるごとのせて、ホイップクリームとミントの葉で飾《かざ》りつけたら、完成《かんせい》！　スペシャル桃パフェ！

「ほんとうにだいじょうぶ〜？　迷《めい》惑《わく》じゃないかしら。統也《とうや》くんが退院《たいいん》してから、ほかのフルーツでもパフェはつくれるでしょう」

心配そうに声をかけてくるお母さんに向かって、わたしは言った。

「桃だから意味があるんだよ」

夏葉《なつは》も続《つづ》く。

「そうそう。統也《とうや》が待ち望《のぞ》んでいるのは、桃《もも》なんです」

わたしと夏葉は、おたがいの顔を見合わせて、にやっ。

「いってきまーす！」

できあがったパフェを配達《はいたつ》リュックに入れて、出発！

病院には、今日、パフェの差《さ》し入れをしてもだいじょうぶ、という許《きょ》可《か》をもらっている。

「あーあ、ほんとうは自転車でビューンって行きたかったよなあ」

夏葉がぼやくのもわかる気がする。

テレビやネットの動画で見た、こういうデリバリーって、バイクや自転車に乗ってさっそうと参上《さんじょう》！　って感じだったもんね。

最初《さいしょ》は、わたしたちだって自転車にチャレンジしたんだ。

本番と同じようにつくったパフェを、ドライアイスを敷《し》き詰《つ》めたリュックに入れて、試《ため》しに近所を自転車でひとまわり。

そして、リュックを開けたら、あぜん！

パフェはくずれて、めちゃくちゃになっていた。

そんなわけで自転車はあきらめて、近くのバス停《てい》からバスで行くことにした。

これなら、五分で到着《とうちゃく》するし、パフェがくずれる心配もない……はず。

「だいじょうぶかなあ」

バスに揺《ゆ》られながら、わたしは、かかえたリュックの中身が気になって仕方ない。

そっと開けてみようとすると、夏葉《なつは》が「あっ！」と声をあげた。

「だめだよ。外の暑い空気にふれたら、アイスが一気にとけちゃうぞ」

「そ、そうだよね～。でも、心配で」

「信《しん》じよう。この日のために何回も練習したんだから」

「うん」

わたしは、しっかりうなずいた。

この日のために、何度もパフェをつくって、配達《はいたつ》の練習もした。今のわたしたち、パフェの配達なら日本で一番うまいかも、な～んてね！


『めっちゃ、うまっ』

メッセージといっしょに、写真がスマホに送られてきた。

病室のベッドの上で、わたしたちがつくったパフェを食べている統也《とうや》の姿《すがた》。

「大成功《だいせいこう》だね」

病院の外で、わたしと夏葉《なつは》は「イエーイ」とハイタッチした。

差《さ》し入れの許可《きょか》はおりたけれど、残念《ざんねん》なことに面会はできなかったんだ。

統也《とうや》、昨日《きのう》までは平気だったのに、午後の検温《けんおん》でちょっとだけ熱《ねつ》があることがわかったんだって。

たとえ元気でも、ちょっとでも熱があったら面会は取りやめ。病院のルールは守らなきゃいけないから、仕方ないよね。

「統也、桃《もも》パフェが楽しみすぎて熱出したんじゃない？　小さいころ、よく知恵熱《ちえねつ》ってやつ出してたし」

夏葉が言った。

「なつかしい～！　あったあった、知恵熱」

わたしたちは、ちびの統也を思い出して笑《わら》った。

「今年はもう間に合わないけど、来年はみんなで行こうよ、果樹園《かじゅえん》」

わたしが言うと、夏葉《なつは》は「うん」とうなずいた。

それにしても、桃《もも》がおいしい時期っていうのは、あっというまにすぎちゃうなあ。

一年は三百六十五日もあるのに、そのなかで桃が食べられる時期は、ほんの少し。

桃って、宝物《たからもの》みたいに貴重《きちょう》な果物《くだもの》なんだ。

そう思ったら、おやおや？　と、興味《きょうみ》がわいてきたことがある。

そう、わたしの名前！

「桃奈《ももな》」

桃という字がついている。

お父さんとお母さん、わたしを宝物だと思ったから、この名前をつけたのかな。いやー照《て》れるなあ、なんて思ったので、あらためて聞いてみた。

どうしてこの名前をつけたの？　って。

そうしたら、お父さんが、

「桃《もも》の実がなるところには、たくさんの人が集まってくるからだよ。桃《もも》奈《な》も、そんなふうにたくさんの人と出会ってほしいんだ」

と、話してくれた。

夏休み、果樹園《かじゅえん》で見た光景《こうけい》が心のなかでよみがえる。

たくさんの人が行列をつくって、桃を手にした人は、みんな笑顔《えがお》だった。

たしかに、桃の実は、たくさんの人を連《つ》れてくるパワーがある！

この夏、桃パフェのおかげで、わたし、自分の名前がもっと好《す》きになっちゃった。

「ねえ、夏葉《なつは》、帰りは歩いて帰ろうよ」

わたしが言うと、夏葉も「うん」と言った。

「帰りは、アイスがとける心配もないしね」

それもあるけれど、わたしは、この、胸《むね》に広がるじんわりとした温かい気持ちを、もう少しゆっくり噛《か》みしめていたかった。

そのためには、バスよりも歩くのがいい。

統也《とうや》、早く足を治《なお》して戻《もど》ってておいでよ〜。

そして、今度こそいっしょに果樹園《かじゅえん》に行って、ほんものの桃《もも》パフェを食べよう。

配達《はいたつ》用のリュックを背負《せお》って、夏葉といっしょに記念撮影《きねんさつえい》。

『スペシャル桃パフェデリバリー、またのご注文、お待ちしておりま〜す』

統也《とうや》のスマホに送ると、にこにこマークのスタンプが返ってきた。

ガタン、ガタン……。

一定のリズムをきざみながら走っていた電車が、だんだんゆっくりになっていく。

「次は、医王寺前《いおうじまえ》――」

車内アナウンスが聞こえる。

電車から、ホームに降《お》り立つ。

「桃《もも》パフェ、食べられるかなあ」

わたし。

「だいじょうぶでしょ、今、何時だと思ってるの？　カフェの開店までまだまだ余裕《よゆう》あるんだよ」

夏葉《なつは》。

「楽しみだなー、桃《もも》パフェ！」

統也《とうや》！

また暑い夏がやってきた。

しかも、今年の夏は、今までと少しちがう。

「ねえ、わたしたち中学生になったんだし、今年は大人をたよらずに自分たちだけで電車で行ってみようよ」

そういうわけで、待ちに待った夏休み、わたしたちは、三人で飯坂町《いいざかまち》へやってきた。ここまで来るためには、郡山駅《こおりやまえき》から東北本線《とうほくほんせん》で福島駅《ふくしまえき》まで行き、そこからは飯坂線《いいざかせん》に乗り換《か》え。中学生のわたしたちには、それだけで、もう冒険《ぼうけん》みたい！

果樹園《かじゅえん》までは、駅から歩いて二十分。

「おれ、いっちばーん」

統也《とうや》が電車から降《お》りる。

「ずるーい」

「待ってー」

わたしと夏葉《なつは》は、前を行く背中《せなか》を追いかけた。

宮城県《みやぎけん》

グリンプロテイン

おしの ともこ

三対二で、勝ったまま迎《むか》えた九回裏《うら》、相手チームの攻撃《こうげき》になった。

よし、しっかり守るぞ！

オレは、センターの守備位置《しゅびいち》で、ピッチャーの投球を見守っていた。

三振《さんしん》、ピッチャーゴロと、二人を続《つづ》けてアウトにした。

よし、勝てる！

あとひとりおさえることができれば、オレたちの勝ち。ところがその後、ひとりヒットのあとフォアボールが続き、ツーアウト満塁《まんるい》になってしまった。


カキーン！

ワーッ！　相手チームから声があがる。白いボールが空に弧《こ》を描《えが》く。

「オーライ、オーライ！」

高く打ちあがったボールが、オレに向かって落ちてくる。

「取れる」

と思った。

よっしゃ、ゲームセットだ！

ところが……。

キャッチしたはずのボールが、グローブから落ちていた。コロコロ……。

ワ――――ッ!!　さらに大きな歓声《かんせい》がグラウンドに響《ひび》く。

一瞬《いっしゅん》、何がおこったのかわからなかった。

でもすぐにハッとして、あわててボールを追いかける。

三塁《さんるい》ランナーがホームイン！　同点だ！　ボールを投げる。

間に合わない！

相手チームに二点が追加《ついか》され、逆転《ぎゃくてん》サヨナラ負けになった。

ドキン！　ドキン……！　心臓《しんぞう》の音がやたら大きく感じた。

チクショー！　自分のエラーで負けるなんて！


オレ、菅原将士《すがわらまさし》は、少年野球チームの五年生。

二つ年上のねえちゃんが始めた野球の練習についていくうちに、自然《しぜん》と野球が好《す》きになった。

野球クラブに入ったのは、小学三年生のとき。

持ち前の明るさで、すぐにチームのムードメーカーになった。

体が大きく、運動神経《うんどうしんけい》もよかった。半年後には試合《しあい》に出られるようになった。

「みんな集合！」

試合後整列すると、監督《かんとく》が言った。

「ひとりがエラーしたら、チームでフォローする。野球はチームで戦《たたか》うスポーツだから。くやしい気持ちがあったら、そのくやしさを次につなげろ。今、できることは何か考えろ」

そうだ。帰ったら素振《すぶ》りとランニング、それに筋《きん》トレだ！

「ようし！　右手を前に出して！」

六年生のキャプテンが気合いを入れる。みんなが手を一つに重ねる。

試合《しあい》の前後に必《かなら》ずやるチームの儀式《ぎしき》だった。

「いくぞ、せーの！」

声を一つにして、重ねた手を空につき出す。

「おー！」

人さし指を天につき立てる。「自分らしく」という意味。オンリーワンのポーズだ。


それまで晴れていた空が、急にかげってきた。

「明日の日曜は、雨の予報《よほう》だ。練習はなし。ストレッチして体をほぐしておくように」

解散《かいさん》！　の声に、帰り支度《じたく》を始める。

「マサシ、次につなげようぜ！」

「ドンマイ！」

六年生が声をかけてくれた。六年生だってくやしいはずだ。でも、エラーしたオレを責《せ》めないでフォローしてくれる。

情《なさ》けねえなあ。

目の奥《おく》がツンとしてきた。泣《な》きそうになるのをガマンして水筒《すいとう》のお茶をゴクリと飲んだ。

「マサシくん、次があるよ！」

同じクラスのニーナだった。

ニーナは、色白でやせ型《がた》、読書が趣味《しゅみ》で運動が苦手《にがて》。ささやくようにしゃべる。笑《わら》うときもほほえむ感じだ。大声で話し、ガハハと大口を開けて笑うオレとは正反対のタイプ。

土日も仕事がある母親のかわりに、弟の応援《おうえん》で時々試合《しあい》に来る。

「お前にオレの気持ちわかんねー」

これ以上《いじょう》何か言われたら、本当に泣《な》く。

オレはバッグを持つと、かけ足でその場から離《はな》れた。


「マサシ、お腹《なか》すいてない？」

家では母ちゃんが、おやつの用意をしてくれてた。

リビングのテーブルの上には、みたらし、こしあん、ずんだあんの三種類《しゅるい》のだんごが並《なら》んでる。

「プロテインでいい」

プロテインはタンパク質《しつ》だ。筋肉《きんにく》や血液《けつえき》の材料《ざいりょう》になる。もちろん、毎日の食事で栄養《えいよう》をとることが基本《きほん》だけど。オレのあこがれのプロ野球選《せん》手《しゅ》が飲んでいると知り、飲み始めた。

シャワーを浴《あ》びてさっぱりすると、キッチンの棚《たな》からプロテインの袋《ふくろ》を取り出す。プロテインの粉《こな》を大さじ二杯《はい》、水といっしょに専用《せんよう》の容器《ようき》に入れシャカシャカふってとかして飲む。

おいしいとは思わないが、これも体づくりの一つだ。

身長百六十二センチ、体重四十五キロ。五年生の中では大きい方だ。

小さいころから「マサシくんは大きいね」って言われてきたし、かけっこはいつも一番だった。野球の練習は毎日欠《か》かさないし、ランニングだってやってる。

けれど最近《さいきん》のオレは、ダメダメだ。エラーはするし、以前《いぜん》ほど打てなくなった。スランプってやつだろうか。

バットとグローブをバッグから取り出した。

道具の手入れをするのだ。試合《しあい》や練習のあとには、バットとグローブをみがく。

「一流の野球選手《せんしゅ》は、必《かなら》ず道具を大切にしてる。上手《うま》くなりたかったら練習することと、道具を手入れすること」

野球を始めたとき、父ちゃんに教えてもらったんだ。

イラついた気持ちが少し落ち着いてきた。もっと野球が上手くなりたい！

「ただいま〜」

ねえちゃんが塾《じゅく》から帰ってきた。

「あっ、おだんご！」

手さげカバンをソファに置《お》くと、三種類《しゅるい》のだんごの中から「いただき！」と、緑色のずんだをほおばった。

「マサシ食べないの？」

「いい」

野球道具用のタオルやブラシをもとの箱にしまうと、ピカピカになったバットを手に取った。とにかく練習だ。もっともっと練習しないと。

あのとき、なんでボールを落としたんだろう。キッと唇《くちびる》を噛《か》んだ。

「相手してやろうか？　キャッチボールの」

思いがけず、ねえちゃんが誘《さそ》ってきた。

いつもはキャッチボールを頼《たの》んでも「中学生はいそがしいの！」って断《ことわ》るのに。

「塾《じゅく》で頭つかいすぎた～。少しは体も動かさないとね！　ダイエットにもなるし」

おどけた調子で話す。

宮城県《みやぎけん》

たしかに。ねえちゃん、このごろ太ったかな。でも……こんなときは、何かあるんだ。

「今日の試合《しあい》、負けたでしょ」

「えっ」

「顔見ればわかるわ。マサシって、わかりやすいから。あんたのエラー？」

……ねえちゃんおそるべし。

小学校時代、チームでは「姉弟コンビ」って言われて、いいライバルだったと思う。

トレーニングやキャッチボールの練習も、いっしょにやった。

だけどねえちゃんは、六年生の引退試合《いんたいじあい》を最後《さいご》に、野球をやめた。「これからは、まったくちがうことをやってみたい」って。

中学で部活に選《えら》んだのは、なんと郷土研究部《きょうどけんきゅうぶ》！　歴史《れきし》と風土と料理《りょうり》の関係《かんけい》にハマってる。ハマりすぎて公民館《こうみんかん》の郷土料理教室にもかよい出した。

「今、雨があがってた。公園に行こ！」

「ん」

「それでさマサシ、たのみがあるんだけど」

……やっぱり。

「つまり、公民館の郷土料理教室に、オレに行けって？　ムリ！」

近所の公園で、オレは思いきりボールを投げた。

スパーン！

ねえちゃんがキャッチする。

「ずんだもちをつくるの。でも、同じ日に『歴史《れきし》と郷土料理《きょうどりょうり》』って講演《こうえん》会《かい》があって。講師《こうし》は、本を読んでから大ファンの先生なの。郷土料理教室に電話したら、もう材料《ざいりょう》用意してるからキャンセル料１００％かかるって。もったいないでしょ？　マサシ練習休みでちょうどいい！」

ねえちゃんが投げる。

「行くって言ってないし！」

雨だったら素振《すぶ》りをする。腹筋《ふっきん》、背筋《はいきん》、腕立《うでた》て伏《ふ》せ。家でできることはある。

「あ、持ち帰りはいいよ。マサシがぜんぶ食べて！　自分でつくったずんだもち最高《さいこう》においしいから！」

「ら」のところに力をこめて、ねえちゃんが投げる。

「ずんだもち好《す》きじゃないし！」

オレの好物《こうぶつ》は肉だ。世の中のおいしいものは、肉と油でできていると思ってる。ずんだって野菜《やさい》だろ？　野菜なんて、そなえつけのポテトでじゅうぶんじゃない？

「だいじょうぶ！『弟が行きます』って公民館《こうみんかん》に電話しとく！」

一方的《いっぽうてき》にねえちゃんがしゃべってキャッチボールが終わった。

「また練習つき合ってあげるね！」

ねえちゃんは一度言い出したら聞かないんだ。

日曜日は、予報《よほう》どおりの雨だ。オレは公民館にいた。

去年、夏休みの工作教室に来たから、約一年ぶりだ。

この公民館には、フラダンスや歌、英会話、フラワーアレンジメントなど、いろいろなサークルがある。

調理室のドアには【仙台《せんだい》の郷土料理《きょうどりょうり》ずんだもちづくり】と書いてある。

「菅原将士《すがわらまさし》です！　こんにちは！」

「元気でいいわね。おねえさんから聞いていますよ」

受付《うけつけ》のおばちゃんが、名札とプリントを渡《わた》してくれた。『菅原将士』と手書きで書いてある。ほかの参加者《さんかしゃ》の名札は、パソコンでプリントアウトしたものだ。急いで名札を用意してくれたらしい。

調理室には、二十名ほどの参加者がいた。

女性《じょせい》ばかりかと思ったら、三分の一は年配の男性だ。女性の参加者はみんな、母ちゃんより年上に見える。どちらかというと、おばあちゃんの年代が多かった。そんな中で、五年生のオレはどう考えても浮《う》いてる。

やっぱり来なけりゃよかったなあ。野球の練習してた方が楽しいのに！　頭をボリボリかいた。

五人ずつグループに分かれて調理台の席《せき》に座《すわ》る。オレの名札には
「B《ビー》」と書かれてる。Bグループだ。

「遅《おそ》くなりましたあ」

さあ、始まるというころ、ドアが開いた。

そのささやくような声に聞き覚《おぼ》えがあったので、ふり返る。

少し息を切らして調理室に入ってきたのは、ニーナだった。

「あれ？　マサシくん？」

「おう」

「おねえさんのかわりに来たの？」

「ああ」

ぶっきらぼうに答えた。また昨日《きのう》のエラーを思い出した。

「あたし先月から来てるの。料理《りょうり》覚えたくて。ここの郷土《きょうど》料理《りょうり》教室いい

宮城県《みやぎけん》

よ。昔ながらの道具でていねいにつくるの。先生のこだわりなんだって」

そうか。ニーナの家はひとり親家庭だから、仕事がいそがしい母ちゃんのかわりに、ニーナが料理《りょうり》つくってるんだっけ。

先生が、料理の前にずんだもちの由来を教えてくれた。


ずんだもちは、お盆《ぼん》やお彼岸《ひがん》、お祝《いわ》いのときに宮城県《みやぎけん》内で広くつくられていました。つき立てのもちに、枝豆《えだまめ》をゆでてすり鉢《ばち》ですりつぶしたあん（ずんだ）をまぶしたものです。

以前《いぜん》は、枝豆の出まわる七月~九月だけでしたが、今では一年中食べられるようになりました。最近《さいきん》は、ずんだロールやずんだシェイクも人気ね。

仙台《せんだい》の名物として知られるずんだもちですが、「ずんだ」の起源《きげん》は大《たい》変古《へん》いといわれています。

鎌倉時代《かまくらじだい》には文献《ぶんけん》に残《のこ》されていますが、当時の「ずんだ」は糠味噌《ぬかみそ》のことで、こうじと糠《ぬか》と塩《しお》をまぜ、それに酒または酢《す》を加《くわ》えたものを食べていました。仙台《せんだい》では、この糠味噌にゆでた青大豆《あおだいず》をすりつぶして入れていたようです。

同じころ、すりつぶした青大豆に砂糖《さとう》、塩を加えて、もちにからめて食べるようになります。これを「ずんだ和《あ》え」というようになりました。江戸時代後期《えどじだい》にはこれが「ずんだ」として定着します。

「ずんだ」という言葉は、豆をつぶす『豆打《ずだ》』、『豆ん打《じだ》』という言葉が由来といわれています。

伊達政宗《だてまさむね》が戦陣《せんじん》のときに陣太刀《じんだち》の柄《え》で枝豆《えだまめ》をつぶして食べたという説《せつ》がありますが、大切な刀の柄で枝豆をくだくわけないし、政宗の時代に

はずんだもちはありません。これは後世《こうせい》になってつくられたお話ですね。

教室の後ろにブルーシートが敷《し》いてあって、大きなうすが用意されていた。

かたわらには、きねと水の入ったボール。

先生が、うすの中に湯気《ゆげ》のあがったもち米をごろんと入れた。

湯気とともに、ご飯《はん》のいいにおいが広がる。

「さあ、もちをつくわよ。やってみたい人いるかな？」

「やってみっか」

白髪《しらが》のおじいちゃんが前に出た。

「おらい《（うち）》でも、年越《としこ》しのときにはもちをついたもんだ」

おじいちゃんは、きねの先に水をつけると柄《え》を短く持ち、慣《な》れたようすでこねていく。

もちつきは野球チームでやったことがある。

「もちをつかないの？」

「もち米をようくつぶしてな。つくのはそれからだべ」

うすのまわりをまわりながら体重をかけてもち米をつぶす。

「ぼうず、やってみっか」

「はいっ！」

きねは、野球チームでやったときよりひとまわり大きかった。重い。

「せーの！」

思いきりきねをふりあげ、もちをつく。

「よいしょー！」

まわりのみんなが、かけ声をかける。

「マサシくん、うまい！」

「安定感がある！」

オレがもちをつく、先生が返す。

「野球してるとちがうね！」

ニーナが感心する。

「マサシくんは、体の軸《じく》がしっかりしてる」

先生もうなずく。


「次はずんだあんをつくります」

ずんだあんの材料《ざいりょう》は、枝豆《えだまめ》、砂糖《さとう》、塩《しお》少々。これだけだ。

鍋《なべ》にお湯をわかし、枝豆を入れる。十五分ほどゆでたら、ざるにあげてさやから出す。ゆであがった豆のいい香《かお》りがただよう。

「薄皮《うすかわ》もていねいにむいてください。このひと手間で、仕上がりがちがってきます」

薄皮をむくと、豆がピューン！　と飛《と》んでいく。

「あちゃ～」

「マサシくん、ホームラン！」

同じグループのおばちゃんたちが笑《わら》う。

「力入れすぎ。もっとやさしく」

ニーナが皮をむきながら笑った。

「こうかなあ」

何回やっても豆が飛んでいく。力の加《か》減《げん》が難《むずか》しかった。

仕方なく下に向けてさやから押《お》し出す。薄皮に包《つつ》まれたまま豆がボールの中に落ちた。

「右手で豆を押《お》して、左手で受け止めるといいよ。ほら」

ニーナは薄皮《うすかわ》をむいた豆を器用《きよう》に左手にのせた。豆が黄緑色にぴかぴか光ってる。マネしてやってみる。今度は上手《うま》くできた。そのまま口の中に放りこむ。

「うまい！」

味も香《かお》りも、いつも家で食べる枝豆《えだまめ》とはちがった。

「枝豆ってなんの豆か知ってる？」

「へっ？　枝豆は、枝豆だろ」

「あのね。枝豆って大豆《だいず》なんだよ」

「はあ？」

「そうそう、ニーナさん、よく知ってるわね」

先生がうなずいた。

「枝豆《えだまめ》と大豆《だいず》は見た目はちがいますが、同じ豆です。枝豆は大豆がまだ熟《じゅく》しきっていない若《わか》く青い状態《じょうたい》で収穫《しゅうかく》されたものなの。つまり収穫時期がちがう同じ豆なんですよ。そして大豆からつくられるのは味噌《みそ》、しょう油、とうふ、油あげ、厚《あつ》あげ、ゆば、高野《こうや》どうふ、おから、豆《とう》乳《にゅう》、きな粉《こ》、納豆《なっとう》など。日本の食卓《しょくたく》には欠《か》かせないものです。和食《わしょく》には日本人の知恵《ちえ》が詰《つ》まっています。和食は国連教育科学文化機関《ユネスコ》の無形文化遺産《むけいぶんかいさん》にも登録《とうろく》されました。わたしたち日本人も和食

栄養《えいよう》が豊富《ほうふ》で「畑の肉」と呼《よ》ばれる大豆《だいず》を、緑色の未成熟《みせいじゅく》なうちに早めに収穫《しゅうかく》したのが枝豆《えだまめ》。大豆が発芽《はつが》して芽《め》がのびたのが大豆もやし。

のよさを見直したいわね」

大豆《だいず》から味噌《みそ》やしょう油がつくられることは聞いたことがあったけど、緑の枝豆《えだまめ》が茶色い大豆になることがピンとこなかった。


薄皮《うすかわ》をむいた豆を、ざーっとすり鉢《ばち》にあける。ゆであがった枝豆を見たときには、「こんなにたくさんむくのか！」と思ったが、薄皮をむいた豆は「あれっ？」と思うほど少ない。

すり鉢が動かないように、下にぬれたふきんを敷《し》く。

すりこぎでトントンと押《お》さえるようにつぶしてから、すりつぶしていく。

「なめらかな、おいしいずんだにするコツは、砂糖《さとう》を何回かに分けて入れること。一度に入れるとなめらかになりません」

教室をまわりながら先生がアドバイスする。

腕《うで》に力を入れて、豆をする。慣《な》れないため腕が疲《つか》れてくる。途中《とちゅう》二～三回に分けて砂糖《さとう》を入れる。額《ひたい》も背中《せなか》も汗《あせ》びっしょりだった。

ニーナは細い腕でもリズミカルにゴリゴリとすっていく。力んでるようすもなく、とても自然体《しぜんたい》だ。何がちがうんだろう？

「ほとんど力は入れてないの。きき手で真ん中を持って、反対側《がわ》の手を上に置《お》く。あとは、すりこぎをくるくるまわすだけ。てこの原理よ」

言われたとおりにやってみる。なるほど、コツがわかると楽だった。

「腕、太いね！」

「プロテイン飲んでるしな」

「大豆《だいず》もプロテインだよ」

「マジか!?」

「大豆《だいず》は、畑の肉って呼《よ》ばれるほどタンパク質《しつ》が多いの。大豆からつくるプロテインは『ソイプロテイン』よ。おかあさんが病院で栄養士《えいようし》やってるから、あたしくわしいんだ」

「ソイプロテイン？」

ということは、ずんだもちもプロテインなのか？

「それにね。プロ野球の笹木選手《ささきせんしゅ》は、試合《しあい》の朝、ずんだもちを食べるんだって」

笹木は、去年のホームラン王だ。

「すげえ！」

ずんだもちは、勝負飯《しょうぶめし》だったのか！

最後《さいご》にもちをひと口サイズに丸めて、ずんだをからめる。皿に盛《も》りつけたら完成《かんせい》だ。

「やったー！　できたぞ!!」

自分でついたもち、自分ですりつぶした枝豆《えだまめ》でつくったずんだもち。

皿の上のずんだもちは、黄緑色にピカピカ光って見えた。

「今日は大サービス！　ずんだシェイクもつけちゃう！」

先生がミキサーで何かつくってると思ったら、ずんだシェイクだった！

「薄皮《うすかわ》をむいた枝豆《えだまめ》、牛乳《ぎゅうにゅう》、バニラアイスをミキサーにかけるだけ。カンタンレシピよ」

グラスに分けて、仕上げにミントを飾《かざ》る。太めのストローをグラスにさしたら、薄緑色《うすみどりいろ》のずんだシェイクの完成《かんせい》！

これも、ぜったいおいしいやつ！

「いただきます！」

出来立てのずんだもちを、口いっぱいほおばる。つき立てのもちのやわらかさと、ずんだあんの豆の風味が鼻に広がる。少しだけ枝豆《えだまめ》のつぶが残《のこ》ってるのもアクセントになってる。

ずんだシェイクをごくりと飲む。バニラの香《かお》りと枝豆の風味が合わさってスッキリしたのどごし。暑い夏にぴったりだ。

「うめえっ！」

オレは思わず叫《さけ》んだ。

「最高《さいこう》！　自然《しぜん》な甘《あま》さでいくらでも食べられる！」

ニーナも目を輝《かがや》かせる。

「しかもタンパク質《しつ》たっぷり！」

「そう、栄養満点《えいようまんてん》！」

「グリンプロテイン！」

「ソイプロテインだってば」

ニーナが笑《わら》った。

窓《まど》の外では、いつのまにか雨がやんでいた。雲の切れ間から明るい光がさしこむ。

帰ったら、素振《すぶ》りとランニングだな。次の試合《しあい》はぜったい負けない。

いや、きっと勝てる。

ずんだもちは勝負飯《しょうぶめし》だ！　最後《さいご》のもちを口に放りこんだ。

「帰ったら、トレーニングしようと思ってるでしょ？」

「えっ！　なんで!?」

「わかるもん。野球のこと考えてるマサシくんてね、目がきらきらしてるよ。今度の試合《しあい》、ずんだもち持って応援《おうえん》に行くね!!」

「おー！」


待ちに待った試合の日。

「楽しんでいこう！」

六年生のキャプテンが声をかける。

メンバー全員が、丸くなって手を前に出す。

「マサシ、おまえが気合い入れろ。次のキャプテンなんだから！」

そうだ。キャプテンになるんだ。監督《かんとく》に言われた言葉を思い出す。

「マサシ、キャプテンはな、一番うまいヤツがなるんじゃないんだ。一番野球が好《す》きで、一番練習して、一番挑戦《ちょうせん》して、一番失敗《しっぱい》して、それでもまた挑戦するヤツにメンバーはついていくんだ。おまえ、できるか」

「オレ、やります！」

即答《そくとう》した。やってみたい！　でも、オレにできるのか？　また失敗《しっぱい》するかもしれない。だけど……。

メンバーの重ねた手の上に、そっと手を置《お》いた。

「いくぞ！　せーの！」

声を一つにして、重ねた手を空につき出す。

「おー!!」

人さし指を天につき立てる。オンリーワンのポーズ！

「自分たちの野球をやろうぜ！」

今まで練習してきたとおりに。自分を信《しん》じて。

空は青く、気持ちいい風が吹《ふ》きぬけてる。最高《さいこう》の天気だ。

ニーナが応援席《おうえんせき》から手をふってる。

オレは人さし指を空高くあげ、グラウンドに向かってかけ出した。

【参考文献】

・乙坂ひで編著『東北・北海道の郷土料理』（ナカニシヤ出版、１９９４年）
・みやぎの食を伝える会編著　『ごっつぉうさんー伝えたい宮城の郷土食』（河北新報出版センター、２００５年）
・小野藤子『おうちで作る郷土ごはん』（えい出版、２００９年）
・時代考証学会『伊達政宗と時代劇メディア～地域の歴史・文化を描き、伝えること』（時代考証学会、２０１６年）

山形県《やまがたけん》

フォーチュン・せんべい

千秋《ちあき》 つむぎ

長い夏休みが明けて、すっかり学校生活に慣《な》れてきたころ。先生が白いチョークを持つと、黒板に「校外学習」ときっちりとした字で書いた。

「一か月後ですね」

それから班《はん》のメンバーが発表され、帰りの会の教室は熱気《ねっき》にあふれていた。

行き先は、鶴岡市《つるおかし》にある加茂水族館《かもすいぞくかん》だ。わたしが住んでいる山形市《やまがたし》は内陸部《ないりくぶ》なので海側《うみがわ》へ行けるのはうれしい。

でも加茂水族館、別名《べつめい》クラゲドリーム館には、ついこの間、東京《とうきょう》から来た従妹《いとこ》を案内《あんない》したばかり。

透明《とうめい》なクラゲが水そうの中でただよっているようすは幻想的《げんそうてき》だった。ブルーのライトに照《て》らされて、ふうわふうわと、傘《かさ》を開いたり閉《と》じたりをくり返すクラゲたち。従妹と椅子《いす》に座《すわ》って、ぼうっとながめた。

ただ、あまりにも行ったばかりだから、校外学習では、新鮮味《しんせんみ》がないんじゃないかって思う。先生は「校外学習は遊びに行くのとはちがいますからね」と言うけど、やっぱり楽しくすごしたいもの。

だから、今回は友だちとワイワイできることを楽しみにしていた。

なのに……。

はあ。

こっそりため息をつく。そして同じ班《はん》になった奥山真梨《おくやままり》さんを見る。

まわりの子とおしゃべりしているクラスメイトの中で、彼女《かのじょ》のところだけぽつんと静《しず》かだ。

そう。奥山さんは、きゃあきゃあさわぐタイプじゃない。むしろ、あまり話しかけてほしくないんじゃないかって思う。

いつだったかな。「奥山さんって、バリアをはってるみたい」と、女子の間で、話題になったことがある。いつもひとりでいるから。

別《べつ》に奥山《おくやま》さんのことをきらいなわけじゃない。けど、なるべくわたしの方からは話しかけないように気をつけている。わたしは、相手がどんな気持ちでいるか、どうしても気になってしまうタイプだから。せめて同じ班《はん》の男子が話せる子だったらよかったのに。だけど、いっしょの班になったふたりは仲《なか》が良《よ》すぎて、わたしが会話に入るすきはなさそう。

教室を見まわしてから、もう一度奥山さんを見た。奥山さんがペンケースをすっと動かすと、ぶらさがっていたストラップがぶらんと揺《ゆ》れた。

糸を巻《ま》いてつくられたミニチュアサイズの手まりだ。白色の糸が巻《ま》きつけられた球体に、ピンク色と黄色と緑色の糸で模様《もよう》が描《えが》かれている。

そういえば、おばあちゃんちにはもっと大きな手まりがあった。暗い棚《たな》の奥に飾《かざ》られていたせいか、手まりって古くさいイメージだし、地味だなって思う。

わたしは、前髪《まえがみ》をとめていたヘアピンをパチンとはずした。これは、アイドルグループ・マリンのオリジナルグッズだ。金平糖《こんぺいとう》のストーンは、メンバーが踊《おど》るたびに光って、ショップでも品切れが続《つづ》いてるらしい。

奥山《おくやま》さんも、こういうおしゃれなアイテムを持っていてくれたら、会話のきっかけになるのに。バリアなんて気にしなくてよかったかもしれないのにな。

わたしの班《はん》は女子三人、男子ふたりの計五人。だから、奥山さんともうひとり、「安孫子《あびこ》のどか」という女子がいる。だけど、その子は……。

校外学習は班で動くことが多いのに、このまま話せる子がいないと、つまらない校外学習になってしまう。

四年二組、小関《こせき》花凛《かりん》。どうやらハズレくじを引いたみたい。

わたしは、またヘアピンで前髪《まえがみ》をとめた。

◇◇◇

黒板には、「校外学習まで、あと三週間！」と書かれていた。あれから まだ、奥山《おくやま》さんとは話せないでいた。

でも、班《はん》の係決めのとき、少しだけ話せた。

班の男子のひとりが言った。

「安孫子《あびこ》さんのことは、どうする？」

「安孫子さんだって、メンバーだよね」

わたしが思わずそうつぶやくと、奥山さんが、ぱあっとうれしそうな顔になり、「小関《こせき》さん、ありがとう」と言ってくれた。

それから、あみだくじで、男子のひとりが班長《はんちょう》、奥山《おくやま》さんが副班長《ふくはんちょう》、わたしが記録係《きろくがかり》、安孫子《あびこ》さんは時計係、もうひとりの男子は保健係《ほけんがかり》に決まった。もし安孫子さんが不参加《ふさんか》だったら、時計係はジャンケンで決めることも約束《やくそく》した。

……ほんとうは、奥山さんともっと会話してみたいのに。そう思いながら、次の授業《じゅぎょう》の準備《じゅんび》をしているときだった。

「あの、小関《こせき》さん。お願《ねが》いがあるの」

奥山さんの方から、声をかけてきてくれた。

「え、お願い？」

なんだろう。ちょっと身がまえてしまう。

「実はね、のどかちゃんに、ひと言メッセージを書いてほしいの」

「安孫子さんに……？」

奥山《おくやま》さんは、胸《むな》もとで抱《だ》きかかえるように持っていた交換《こうかん》ノートを、わたしの机《つくえ》の上に置《お》いた。

「のどかちゃんのこと、さっき班《はん》のメンバーだって言ってくれたでしょ。だから、小関《こせき》さんにも書いてほしいの。実はのどかちゃんね、まだ校外学習には行きたくないって思っているみたいで。集団行動《しゅうだんこうどう》が苦手《にがて》なんだって……。でも、わたしは、いっしょに行きたいんだ……。係のことは、わたしが書くから、小関さんも、何かひと言お願《ねが》い」

安孫子《あびこ》さんは三年生の夏休み明けから、教室に来なくなった。最初《さいしょ》は風邪《かぜ》が長引いているのかなと思っていたけれど、いつのまにか「保健室《ほけんしつ》登校の子」になった。

ノートの表紙には、小さく「NO．3」と書かれている。

奥山さんと安孫子さんは、保育園《ほいくえん》のころからの友だちらしい。交換ノートをするほどだったんだ。

「小関《こせき》さんがメッセージを書いてくれたら、もしかしたら行きたいって思ってくれるかもしれないから」

奥山《おくやま》さんは、何も書かれていないページを開いた。

いやな気持ちはしない。でも、とつぜんすぎる。

それに、行きたくないって思っている安孫子《あびこ》さんが行く気になるような言葉を書かなきゃならないよね。できないよ。

教室に秋の風が入りこむ。

ノートがペラペラとめくられ、イラストが書かれたページで止まった。

……わっ、上手《じょうず》。

女の子がふたり、何かをのぞきこんでいるイラストだ。

「奥山さんが描《か》いたの？」

「ううん、のどかちゃん。わたしは、人物を描《か》くのが苦手《にがて》だから」

奥山《おくやま》さんはぶっきらぼうに、それだけ言うと、すぐに別《べつ》のページを開いた。交換《こうかん》ノートをほかの子に見せるのは、ルール違反《いはん》だからかな。

安孫子《あびこ》さん、安孫子さんか……。

安孫子さんの姿《すがた》を思い出し、何か記憶《きおく》に残《のこ》るエピソードがなかったか、探《さが》した。

でも、やっぱり話したり遊んだりした思い出はなかった。

ようやく思い出したのは、一学期の朝、廊下《ろうか》ですれちがったときだ。うつむいて歩く安孫子さんを目で追うだけで、わたしは「おはよう」と声をかけることもできなかった。

同じクラスだし、教室に来られなくなった理由はなんだろうとか、保《ほ》健室《けんしつ》でどうすごしているんだろうとか、考えたことはある。でも、教室に戻《もど》ってきてもらうために、何かしようと思ったことはなかった。
……なんて書けばいいのだろう。
一つも言葉が浮《う》かんでこない。

安孫子《あびこ》さんへ
同じ班《はん》になったので、よろしくね。
小関花凜《こせきかりん》より

始業のチャイムが鳴る時間まで考えたけれど、結局《けっきょく》、こんなありきたりのことしか書けなかった。

◇
◇
◇

空をながめると、日はすっかり沈《しず》んでいた。

校外学習まであと、一週間ちょっと。

わたしは風邪《かぜ》を引いてしまった。一日熱《ねつ》が出て、何もできなかったけど、昨日《きのう》今日は、なんとか平気。

ランドセルから、事前学習の時間に加茂水族館《かもすいぞくかん》について書いたワークシートを取り出した。

「明日は、学校に行けるかな」

部屋に入ってきたお母さんに聞いた。

「うん、今晩《こんばん》熱が出なかったら、だいじょうぶ」

この二日間は、タブレットで動画を観《み》たり、ゲームをしたり。最初《さいしょ》は時間を気にせず好《す》きなことだけできるなんて最高《さいこう》！　と思っていたけれど、それもだんだんつまらなくなっていた。

「さっき、ポストに紙袋《かみぶくろ》が入ってたの。見たら、『小関花凛《こせきかりん》さんへ』って書いてあったから、たぶんお友だちね。はい」

だれからだろう。

わたしは、無地《むじ》の紙袋を受け取った。中には、透明《とうめい》な袋《ふくろ》に入った手のひらサイズのお菓子《かし》が一つ入っていた。大きなふせんがはってある。


せんべいを半分に割《わ》ってから食べてください。江戸時代《えどじだい》から庄内《しょうない》地方《ちほう》に伝《つた》わるお菓子《かし》です。早く学校に来られますように。

奥山《おくやま》

奥山さんからだった。

……江戸時代《えどじだい》から。

ふと、奥山《おくやま》さんのペンケースにさがっていた手まりのストラップを思い出した。

袋《ふくろ》には、「からからせんべい」という太い文字がある。

からからせんべい？

わたしが遊びに行くと、おばあちゃんは、いつもいろんなお菓子《かし》を用意してくれている。その中に、こんなのもあったような気がする。けれど、生クリームのケーキや形のかわいいクッキーにばかり手がのびて、おせんべいは食べたことがなかった。

からからせんべいの袋を机《つくえ》に置《お》く。

すると、せんべいから、音が聞こえた。

何？

わたしはせんべいを上下にふってみた。

りん、り……、り……。

少しこもっているけれど、きれいな音がする。

えっ。もしかして、せんべいの中に何か入っているの!?

ちょっとわくわくして、袋《ふくろ》を開ける。せんべいは茶色くて、丸みを帯《お》びた三角形の形をしていた。

いきなりかじらないで、割《わ》るってことね。

ぐいっと力を入れたけど、三角形の角の部分が欠《か》けただけ。

意外とかたい。

もう一度。

パリっ。

ようやく、半分に割れた。

そして、白い和紙に包《つつ》まれたものが転がり落ちた。

リン。

鈴《すず》だ。和紙をはがすと、金色の鈴のストラップが出てきた。

表面には、波のような模様《もよう》が入っていて、部屋のライトが反射《はんしゃ》してキラキラ光っている。

ひもをつまんで、ふってみた。

リン、リン、リン。

やっぱり、きれいな音。

最初《さいしょ》に割《わ》ったかけらを一つ、口に運ぶ。

「甘《あま》いっ！」

思っていた味とちがって、思わず声が出てしまった。

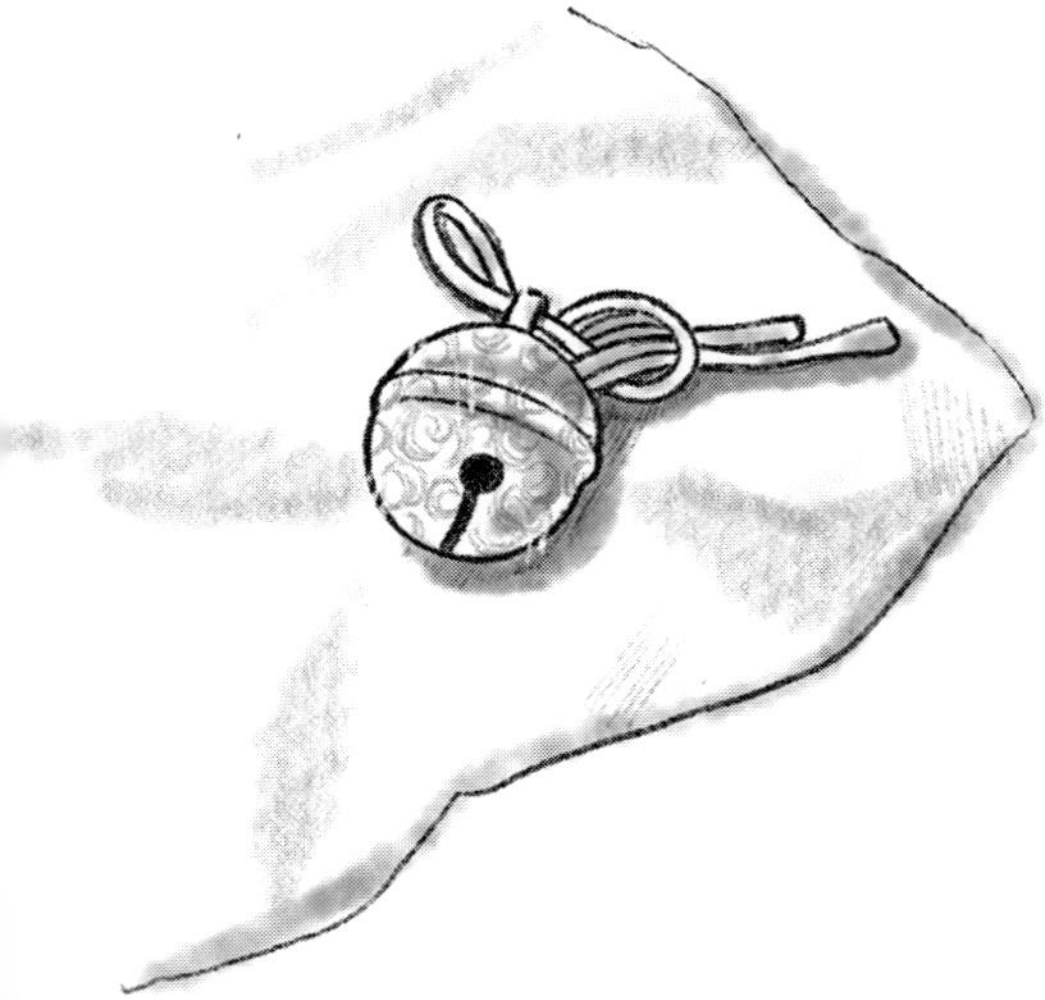

これまで食べたせんべいは、どれもしょっぱかった。でも、これは香《こう》ばしくて、まろやかだ。顔がにんまりしてきちゃう。

もう一度、ストラップを左右に揺《ゆ》らしてみる。

リン、リン、リリン。

高くてすずやかな鈴《すず》の音《ね》が響《ひび》いた。


翌朝《よくあさ》。わたしは、いつもの時間より早く家を出た。

秋の空は青く澄《す》んでいて、雲がひとつもない。

奥山《おくやま》さんのげた箱には、もうスニーカーが入っていた。

急いで上ばきにはきかえ、スカートのポケットを手でおさえながら、階段《かいだん》をかけあがる。

山形県《やまがたけん》

三階まであがりきったとき、教室に入ろうとする人影《ひとかげ》が目に入った。

「奥山《おくやま》さんっ！」

走りながら、さけんでいた。

「からからせんべい、ありが……とう！」

息が切れて、最後《さいご》まで続《つづ》かない。そんなわたしを、奥山さんが目を見開いて見つめてくる。

「小関《こせき》さん、おうちで、どうしてるかなと思って」

「ありがとう。熱《ねつ》がさがってからは、たいくつしてたの。でも、からからせんべいで、ひとりで盛《も》りあがれたよ。それに、おいしかった」

「うん。からからせんべいって、黒糖《こくとう》を使ってるから、甘《あま》いよね」

「え？　黒糖？　黒い砂糖《さとう》ってこと？」

へえ。うちのキッチンにある白い砂糖とはちがう砂糖が使われているのか。

奥山《おくやま》さんはまだだれもいない教室に入ると、すぐに窓《まど》を開けた。そして、自分の席《せき》でランドセルから交換《こうかん》ノートとペンケースを出す。いつもこうして朝早くから教室に来て、空気を入れかえてたんだ。

奥山さんの席のところへ行くと、奥山さんは鉛筆《えんぴつ》をすらすらと動かしている。ミニチュアこけしの絵を描《か》き始めていた。

上手《じょうず》！　人物を描くのは苦手《にがて》って言ってたけど、こういうのは得意《とくい》なんだ。

話しかけてもいいかな。バリアをはっているかも？　でも、聞きたい。

「これ、からからせんべいのこけし？」

「うん、からからせんべいには、いろんなものが入ってるんだ」

奥山さんが、にっこり笑《わら》う。

「実はね、これも」

奥山《おくやま》さんは、ペンケースについていた手まりを、鉛筆《えんぴつ》でつついた。ストラップが小さく揺《ゆ》れる。

かわいい。前に見たときは〝地味〟って思ったのに、なぜだろう、今はかわいいなって思う。

「かわいいね」

すると、奥山《おくやま》さんが目を丸くした。そして、天井《てんじょう》を見あげる。

「あのね、小関《こせき》さん」

いたずらっぽい表情《ひょうじょう》で、わたしの名前を呼《よ》ぶ。

「これ、下から見るとお花みたいに見えるの。ほら」

奥山さんが手まりをかたむける。

「ほんとだあ！」

手まりの底《そこ》で交差《こうさ》する糸が、お花のように見える。

「これ、秘密《ひみつ》ね」

秘密……。

奥山《おくやま》さんが大事にしている景色《けしき》をおすそ分けしてくれたような気持ちがして、心がぽっと温かくなった。

「わたしはね、金の鈴《すず》が出てきたんだよ」

スカートのポケットから金の鈴を出して、奥山さんの顔の前でふった。

リン、リリ、リン。

「わあ。きれい」

奥山《おくやま》さんが、鈴《すず》に顔を近づける。

「でしょ、でしょ！」

「それは、見たことないよ。たぶん、のどかちゃんも」

「そうなのっ!?　交換《こうかん》ノートに金の鈴のこと、書いてもいい？」

「もちろん」

わたしは絵が下手《へた》だから、丸い鈴がいびつになった。

だから、絵のそばに、
うまく描《か》けなかったけれど、これは、からからせんべいから出てきた金の鈴《すず》です。こんど、見てね。

と、説明《せつめい》を加《くわ》えた。

「のどかちゃん、校外学習に行きたいって思ってくれるといいなあ」

奥山《おくやま》さんが安孫子《あびこ》さんの話をするときの声は、優《やさ》しい。

「あのね、のどかちゃんって、からからせんべいのことをフォーチュン・せんべいって呼《よ》ぶの。出てきたアイテムで、占《うらな》いをするんだよ。この前ね、わたし、ヒツジのミニチュアを出したんだ。動物のアイテムは『勇《ゆう》気《き》を出して』ってことなの。だから、思いきって、小関《こせき》さんちに行ったんだ」

「え、勇気って、どういうこと？」

「小関さんと同じ班《はん》になってから、声をかけてみたいって思ってたんだけど、わたし、人見知りだからなかなかできなくて……。でもヒツジが出たから、からからせんべいを届《とど》けてみたの」

開いた窓《まど》から入ってきた風が、奥山さんの髪《かみ》の毛を揺《ゆ》らす。

「そうだったんだ……」

奥山《おくやま》さんは、そうまでして話しかけてくれた。

ふだん、話さないクラスメイトに話しかけるのって、とても勇気《ゆうき》がいることだよね。それにくらべてわたしは、ハズレくじを引いたなんて思ってしまった。バリアがあるからなんて、言いわけをしてた。

奥山さんは、思っていたよりもずっと話しやすい子だったんだ。

胸《むね》がちくっと痛《いた》む。

バリアをはっていたのは、わたしの方だ。

「奥山さん、交換《こうかん》ノートは、次いつ渡《わた》すの？」

「えっと、今週の土曜日。いつもは保健室《ほけんしつ》なんだけど、今回はのどかちゃん家《ち》に行くの」

「できれば……なんだけど、わたしもいっしょに行ってもいい？」

ガラガラと音がして、クラスメイト数人が教室に入ってきた。

◇　◇　◇

校外学習まで残《のこ》り六日の土曜日。安孫子《あびこ》さんの家に、奥山《おくやま》さんと向かった。

出てきたのはお母さんではなく、安孫子さん本人だった。

「ありがとう」

安孫子さんは、奥山さんから交換《こうかん》ノートを受け取ると、ちらっとわたしを見た。

目が合って、ドキドキ。

ふ——っと深呼吸《しんこきゅう》をしたあと、手に持っていた紙袋《かみぶくろ》を差《さ》し出した。来る前に、奥山《おくやま》さんと山形駅《やまがたえき》で買ったからからせんべいだ。

「からからせんべい、三人で食べよう？」

勇気《ゆうき》を出して言うと、安孫子《あびこ》さんが奥山さんと目を合わせた。

安孫子さんは奥山さんには心を開いている。けど、わたしには、そうじゃない。

そうだよね、ふたりは仲良《なかよ》しだから、わたしはじゃまだよね。ふとそう思いかけた。でも……。

思いきって、わたしのバリアを破《やぶ》りたい。がんばれ、わたし。

「どんなアイテムが出るのか、いっしょに見たいの」

「いっしょに？」

「うんっ」

ふうー。ますますドキドキ。

「いいよ。あがって」

よかったあ。

安孫子《あびこ》さんの部屋に入って、すぐに目に入ったのは、出窓《でまど》の一角だ。将棋《しょうぎ》のストラップやコマ、でんでん太鼓《だいこ》、ひょうたんなどが、ずらりと並《なら》んでいる。きっとからからせんべいから出てきたアイテムだ。

「どうぞ、座《すわ》って」

「あ、ありがとう。ねえ、これってぜんぶ安孫子さんが集めたの？」

「うん、そうだよ」

「……」

なかなか会話が続《つづ》かない。気持ちがふわふわしていて、お尻《しり》が宙《ちゅう》に浮《う》いているみたい。うつむいて、そっと横に置《お》いてたトートバッグを見る。

この中には、一生懸命《いっしょうけんめい》つくったプリントの下書きがある。

ローテーブルに、からからせんべいが三つ並《なら》ぶ。

安孫子《あびこ》さんが小袋《こぶくろ》を破《やぶ》り、耳もとでからからせんべいを上下にふった。

奥山《おくやま》さんも同じようにしている。わたしも、まねをした。

あれ。この前もらったからからせんべいは、音がしたんだけど……。

「何も聞こえないね」

奥山さんが、首をかしげた。

「あ、あたしのは、かすかに音がしたっ！」

安孫子さんが明るい声をあげた。

「これ、からからせんべいを食べるとき、儀式的《ぎしきてき》にやってるの」

安孫子さんがうんうん、と奥山さんにうなずく。そしてわたしを見た。

「いただきます」

いっせいにせんべいを割《わ》る。

パキッ。

和紙から、赤っぽいものが透《す》けて見える。すぐにでも開けて中を確《たし》かめたい。でも、安孫子《あびこ》さんたちは、もうせんべいを食べ始めている。

ふたりは、食べてから、アイテムを見るのか。

わたしも、せんべいのかけらを口に入れた。

バリバリ、バリバリ。

噛《か》む音が、体の中からも外からも聞こえる。

ふわふわしてた気持ちが、だんだん落ち着いてきた。

黒糖《こくとう》の甘《あま》みは、せんべいを食べきっても、口の中に残《のこ》っている。

奥山《おくやま》さんと安孫子さんも、幸せそうな顔。それがうれしくて、わたしはつい口走ってしまった。

「安孫子さん、これフォーチュン・せんべいなんでしょ」

「え？」

安孫子《あびこ》さんの顔から一瞬《いっしゅん》笑顔《えがお》が消えた。

しまった。交換《こうかん》ノートをほかの人に見せたくないように、フォーチュン・せんべいの秘密《ひみつ》も、ふたりだけのものだったのか。

「ごめん、わたしが小関《こせき》さんに教えたの」

奥山《おくやま》さんがあたふたしている。せっかくいい感じだったのに、わたしのせいでだいなしだ。ふたりとの距離《きょり》がまた広がっていく。

わたしは、体をかたくした。

「そんな、謝《あやま》ることじゃないよお。どうして知ってるのかなって、ちょっとびっくりしたけれど！　全然《ぜんぜん》、だいじょうぶだよ」

ところが、安孫子さんは笑《わら》いながらそう言ってくれた。そして、わたしに向き直る。

からからせんべいは庄内地方《しょうないちほう》の伝統菓子《でんとうがし》で、焼《や》きたての生地《きじ》を三角に折《お》って中に入れる民芸品《みんげいひん》の小物や玩具《がんぐ》は150種類以上《しゅるいいじょう》もあり、ほとんどが手づくり。
画像提供：宇佐美煎餅店《うさみせんべいてん》

「あのね、夏休み、からからせんべいを親せきの人が送ってくれたんだ。あたし、それまで山形《やまがた》にいるのに食べたことなくって。からからせんべいのことも、庄内地方《しょうないちほう》に昔から伝《つた》わるお菓子《かし》だってことも、全然《ぜんぜん》知らなかった」

「わたしも知らなかった」

わたしは、ほっとしてうなずく。

「もっと楽しくなりたくて、フォーチュン・せんべいを考えて交換《こうかん》ノートに書いたんだ。小関《こせき》さんも、この前交換《こうかん》ノート、書いてくれたから仲間《なかま》だもん」

え、仲間？　まさか安孫子《あびこ》さんがそう言ってくれるなんて。

「からからせんべいって、せんべいをふると、からからっていう音が聞こえるから、そういうのかな」

考えたらあたり前のことだけど、確《たし》かめたかった。

すると、安孫子さんが、「あたり！」とさけんでくれた。

「黒糖《こくとう》を使ってるんでしょ」

これはこの前、奥山《おくやま》さんに教えてもらったこと。

「そうそう。砂糖《さとう》にもいろいろ種類《しゅるい》があるんだ」

奥山さんが、からからせんべいの和紙《わし》に、「白砂糖（上白糖《じょうはくとう》）」「グラニュー糖」「三温糖《さんおんとう》」、そして「黒糖（黒砂糖）」と書いた。黒糖は、白砂糖よりも、ミネラルっていう栄養素《えいようそ》が多く含《ふく》まれているんだって。

わたしは、おしゃれなものばかりに目がいっていた。でも、一見地味なお菓子《かし》だって、奥《おく》が深い。

わたしはトートバッグから、プリントの下書きを取り出した。

一枚目《まいめ》には、加茂水族館《かもすいぞくかん》が一時はお客さんが少なくて、閉館《へいかん》になりそうだったこと、でもクラゲの飼育《しいく》に成功《せいこう》して、今では全国的《ぜんこくてき》に有名な水族館になったことなどを書いた。海沿《ぞ》いにあるから、海の景色《けしき》を楽しめることも。アシカやアザラシ、もちろん魚もたくさんいるけれど、何よりクラゲの展示種類数《てんじしゅるいすう》は世界一で、世界初《はつ》の巨大《きょだい》クラゲ水そう「クラゲドリームシアター」のことはバンと大きく。

「この前、事前調べの時間に書いたものを、まとめ直したんだね。これ、すごい。わたしたちの班《はん》だけのしおりができるんじゃない？」

奥山《おくやま》さんが、一気に言う。

山形県《やまがたけん》

加茂水族館《かもすいぞくかん》のクラネタリウムには、ミズクラゲなど約《やく》80種類《しゅるい》の世界中のクラゲが展示《てんじ》されている。写真は直径《ちょっけい》5mの「クラゲドリームシアター」。
画像提供：鶴岡市立《つるおかしりつ》加茂水族館

「みんな、事前調べしてるんだね。そういえば、あたしもワークシートもらったんだっけ……」

安孫子《あびこ》さんがちょっと悲しそうな顔をした。

だから、少しでも明るい気持ちになってもらいたくて、

「加茂水族館《かもすいぞくかん》のクラゲはね、とにかく、たくさんいるの。クラゲの部屋は暗くて、水そうだけが明るいの。その光の中で、クラゲが、ふうわふうわって、浮《う》いてるんだよ」

ふうわふうわに合わせて、体を揺《ゆ》らした。すると、ふたりとも声を出して笑《わら》ってくれた。わたしは、プリントの二枚目《まいめ》をめくる。

「安孫子《あびこ》さん。加茂水族館限定《かもすいぞくかんげんてい》のからからせんべいがあるって知ってる？」

「えっ。限定の？」

「海をモチーフにしたアイテムが入っているらしいよ。わたし、この前従妹《いとこ》を案内《あんない》して行ったの。からからせんべいの存在《そんざい》知ってたら、ぜったい買ってきたのに、残念《ざんねん》」

「知らなかった。いいなあ。加茂水族館……。実は行ったことないんだ」

安孫子さんは、勉強机《べんきょうづくえ》から校外学習のお知らせを取り出した。

「あ、でも校外学習だから、からからせんべいは買えないよ」

買いものもできるんだったら、行きたいって言ってくれるかもしれないのに。でも、せんべいが買えなかったら、楽しくない？　加茂水族館《かもすいぞくかん》はクラゲがめずらしいだけ？　そうじゃない。

「安孫子《あびこ》さんと、いっしょに行きたいな」

……いっしょに行きたい。

自分の言葉におどろく。安孫子さんの気持ちを考えるより先に、自分の気持ちを言葉にしている。自然《しぜん》に出た言葉って感じ。

安孫子さんはわたしの下書きを、まばたきもせずに読み進めていた。奥山《おくやま》さんは心配そうに安孫子さんを見つめている。そしてはっと、こちらを見る。うんとうなずき合った。

「わたしも。三人でいっしょに行きたい」

奥山さんが言った。すると、続《つづ》けて安孫子さんがわたしの顔をまっすぐ見て言う。

「わたしも校外学習に行きたい」

「やったあ！　そしたら、安孫子《あびこ》さんの事前学習シートをいっしょに完《かん》成《せい》させようよ！　それが終わったらさ、わたしたちの班《はん》だけのしおりをつくっちゃおう！」

わたしの言葉に、奥山《おくやま》さんがガッツポーズをする。

「ありがとう。しおりにはさ、フォーチュン・せんべいのページもつくらなきゃだね」

わっ、安孫子さん、ナイスアイデア。

「わたし、絵を描《か》くのが苦手《にがて》だから、イラストは奥山さんと安孫子さんにお願《ねが》いしたいな。文章はわたしにまかせて！」

ふたりはうなずく。

「まずは、出たアイテムで、校外学習の運勢《うんせい》を決めようよ」

山形県《やまがたけん》

安孫子《あびこ》さんが、はずんだ声を出した。

「よし！」

安孫子さんは、祈《いの》るように手を合わせてから和紙《わし》を広げた。

「わあ～」

犬のストラップだ。

動物アイテムは、「勇気《ゆうき》を出して」だった。

「よし。勇気を出して、校外学習へ行く！」

わたしのは、サクランボのストラップ。奥山《おくやま》さんのは、紙風船だ。

それから、わたしたちは、ほかのアイテムの占《うらな》いも決めていった。

・おもちゃアイテム（手まり・紙風船など）……友だちができる。

・花アイテム……恋《こい》がめばえる。

・音が鳴るアイテム……楽しい思い出ができる。
・くだものアイテム……努力《どりょく》が実を結《むす》ぶ。

ん？　恋《こい》がめばえる？

「花アイテム、出たことあるの？」

興味津々《きょうみしんしん》でたずねてみたら、ふたりが声をそろえる。

「ない！」

ガクッ。

三人で、大笑《おおわら》い。

校外学習が楽しみだ。

※この物語に出てくる学校や校外学習の設定などはフィクションです。なお、「からからせんべい」「加茂水族館」は実在します。

【おもな参考文献】

・石橋幸作『駄菓子のふるさと』（未来社、１９６１年）
・木村正太郎『やまがた生活風土誌』（中央書院、１９８２年）
・大瀬欽哉 ほか編纂執筆『鶴岡市史 下』（鶴岡市、１９７５年）
・村上龍男・なかのひろみ『クラゲすいぞくかん　クラゲかんちょーのクラゲじまん』（ほるぷ出版、２０１５年）

岩手県《いわてけん》

へっちょはいだら へっちょこだんご

田沢《たざわ》 五月《さつき》

「あーあ、何も書くことがないや」

夏休みの予定表に「四年二組　佐藤風太《さとうふうた》」と書いたあと、ぼくはため息をついた。

「今ごろは、岩手《いわて》に行けると思ってたのに。大森《おおもり》さん、どうしてるかなー」

ママは一歳《さい》の弟、ユウキを寝《ね》かしつけながら、

「そうねえ。元気だといいけど」とつぶやいた。

大森拓矢《おおもりたくや》さんは一年半前まで、パパと同じ東京《とうきょう》の会社で働《はたら》いていた。パパよりずいぶん年下で、二十五歳くらいだと思う。

ぼくの家に近いアパートに住んでいたから、休みの日には、いつもぼくと遊んでくれた。ついでに、ちゃっかりうちでご飯《はん》を食べることもあった。

ママはユウキがお腹《なか》にいるときだったから、ぼくと遊んだり、買いものをしてもらったりして、助かっていたみたい。夜中にママのお腹が痛《いた》くなって、パパが病院へ送っていったときには、大森《おおもり》さんがぼくといっしょに朝まで留守番《るすばん》をしてくれた。ほんとうのお兄ちゃんみたいだった。

大森さんが岩手《いわて》に帰ると聞いたとき、ぼくは泣《な》きながら聞いた。

「どうして田舎《いなか》に帰っちゃうの？」

大森さんは何かの職人《しょくにん》になる修業《しゅぎょう》をすると言った。

「子どものころからの夢《ゆめ》だったんだ。だども、家族に反対されて……」

大森さんは、ぼくの前では少しだけ、岩手なまりになる。

「反対？　どうして？」

「おれは『へっちょぬげ』の『ごんぼほり』だったがらなー」

大森《おおもり》さんは、恥《は》ずかしそうに肩《かた》をすくめた。

「えっ？　どういうこと？」

「『へっちょ』はヘソ。『こ』をつけて、『へっちょこ』ともいう。つまり『へっちょぬげ』は、『ヘソぬけ』……弱虫ってことさ」

「『ごんぼほり』は？」

「泣《な》いて、だだをこねること」

末《すえ》っ子《こ》で、おばあちゃんと三人のお姉ちゃんに甘《あま》えて育ったのだという。休みの日にぼくの家に来るのも、さびしいからなのかもしれない。

職人《しょくにん》になりたいと話したとき、家族にはこう言われたんだって。

「無理《むり》、無理。柔道《じゅうどう》もサッカー少年団《しょうねんだん》も、三日でやめでしまったべ」

「んだんだ。拓矢《たくや》が厳《きび》しい修業《しゅぎょう》に耐《た》えられるわげがねえ」

でも東京《とうきょう》で暮《く》らしながら、よく考えたという。

「やっぱりあきらめられない。おれは、夢《ゆめ》に挑戦《ちょうせん》するって決めたんだ」

そんな大森《おおもり》さんはかっこよかった。ぼくは涙《なみだ》をふいて言った。

「ぼく、大森さんが立派《りっぱ》な職人《しょくにん》さんになれるように、応援《おうえん》する。もし、『へっちょぬげ』の『ごんぼほり』したら、ぼくがしかってあげるからね」

「よろしくたのむよ」

ぼくと大森さんは、かたく握手《あくしゅ》した。


「それで、なんの職人さんになるの？」

ぼくが聞くと、ふふっと笑《わら》って、大森さんは答えた。

「ジャパン」

「えっ？　ジャパンは、日本っていう意味でしょう？」

「うん。必《かなら》ず岩手《いわて》さ遊びに来てけろ。『ジャパン』の謎《なぞ》がわかるがらな」

お別《わか》れに大森《おおもり》さんはプレゼントをくれた。わくわくして細長い包《つつ》みを開けると……箸《はし》だった。ただの黒いだけの箸。ぼくがくいしんぼうだからかな。

（子どもへのプレゼントが箸なんて、大森さんはやっぱり、少し変《か》わってる）

でも、説明書《せつめいしょ》にあったようにご飯《はん》のあとに洗《あら》ったら、ていねいにふきんでふいている。そしたら、だんだんつやが出てきたような気がする。

岩手《いわて》に帰った大森さんに彼女《かのじょ》ができたとパパから聞いたのは、今年の春だ。結婚式《けっこんしき》は夏になると思うから、そのときは、ぼくら家族全員を呼《よ》んでくれると、電話でパパに話したんだって。

「わー、どんな人かなあー」

大森《おおもり》さんの良《よ》さをわかるなんて、優《やさ》しい人に決まっている。

「結婚式《けっこんしき》は温泉《おんせん》旅館かな。岩手《いわて》にはいい温泉があるそうだ」

「高原のリゾートホテルかもしれないわよ。何を着ようかなぁー」

「岩手はお肉もおいしいんでしょう？　ごちそうはステーキかな」

ぼくらは胸《むね》をふくらませて、案内状《あんないじょう》が来るのを待っていた。

けれど、待っても待っても、案内状は来なかった。


ふられちゃったのかもしれない。

「ねえ、パパ、大森さんに電話してみてよ」

ぼくは夏休みの計画表を放り出してパパに言った。

「いや……、それが……」

とパパが口ごもる。

「えっ、何か聞いてるの？」

「実は……、長いこと、仕事に行ってないらしいんだ」

「それって、修業《しゅぎょう》を放り出して休んでいるってこと？」

「いや、くわしいことはわからない」

彼女《かのじょ》にふられて、子どものときのような「へっちょぬげ」の「ごんぼほり」になってしまったのだろうか。それとも病気かな。心配で仕方がなかった。

大森《おおもり》さんは、ぼくは、ぼくをいつもはげましてくれた。

ぼくは、こんな相談《そうだん》をしたことがある。

「ぼくって、失敗《しっぱい》すると、すぐにめげちゃうから、『メゲオ』とか『メゲ』ってからかわれるんだ」

そのとき、大森さんは言ってくれた。

「めげるのは、自分の失敗《しっぱい》をよく考えて、反省《はんせい》しているからだろ。悪いことじゃないと思うよ」

そのときから、ぼくはからかわれたら、「今、反省しているだけ」と思うようにしている。『メゲ』って言われるのは、今でも、いやだけれど。

「パパ、行こうよ、岩手《いわて》に。大森《おおもり》さんに会いたいんだ。心配なんだよ」

『ごんぼほり』しているなら、ぼくがしかってあげなければならない。

ぼくに何度も言われて、パパは、大森さんにメールを送った。

「夏休みだから、風太《ふうた》と岩手の温泉《おんせん》に泊《と》まりに行きます。そのときに、ちょっとだけ大森さんの家によらせてください」って。

そしたら、「ぜひ、うちに泊まってください」と返事が来たそうだ。

八月、ぼくとパパは盛岡《もりおか》から、さらに北へ。青森県《あおもりけん》に近い二戸《にのへ》駅というところで新幹線《しんかんせん》を降《お》りた。大森《おおもり》さんの実家は農家で、両親はリンドウという花を育てているそうだ。

タクシーで住所を見せたら、運転手さんはすぐに、大森さんの家に連《つ》れてきてくれた。

古くて大きい木造《もくぞう》の二階建《だ》ての家で、前の畑では、真っ赤なトマトやキュウリが実をつけていた。

「パパ、ほら、トウモロコシがたくさん！　おいしそうだね」

パパは、ぼくの背《せ》よりちょっと高い木をながめている。

「ブルーベリーだ！　こんな大きな実は初《はじ》めて見たよ！」

大森さんのことを心配してここへ来たはずのぼくらは、畑を見ただけで大興奮《だいこうふん》していた。

「こんにちは！」

玄関《げんかん》で声をかけた。大森《おおもり》さんと、大森さんの両親が、待っていてくれる……はずだった。なのに、返事がない。玄関の戸は開いたままだから、近くにいると思うけれど。

「予定より早く着いたから、畑に出ているのかも……」

玄関の左側《ひだりがわ》が広い縁側《えんがわ》になっていた。

「ここで待たせていただこう」

パパが言うので、縁側に腰《こし》をかけた。すずしい風が通りぬける。

「気持ちいいね、パパ」

ぼくは縁側に寝転《ねころ》んで、そのまうとうとしていた。

かすれたザラザラした声が耳に入った。

「……へっちょ、はいだべ」

だれだろう。意味不明《いみふめい》な言葉。

「今夜はごっつぉだ、へっちょ……食うべ……」

へっちょ？　なんだっけ？　寝《ね》ぼけた頭で考えた。あっ、おへそのことだ。

「えっ！　おへそを食べる？」

はっとして、起きあがろうとしたとき、ぼくは思わず大声をあげそうになった。目の前十センチのところに、しわだらけの顔があった。そして、左腕《ひだりうで》は、骨《ほね》と皮だけのやせた手に、ぎっちりにぎられていたんだ。

手をにぎっていたのは、ずいぶん年取ったおばあちゃんだった。

おどろいているぼくに向かって、おばあちゃんのしぼんだ口が動いた。

「へっちょはいだがー」

（何それ？　ぼくのおへそがはがされたってこと？）

まさかと思ったけれど、シャツの中に右手を入れた。

「あった」

ぼくはほっとした。おへそが、なくなったら困《こま》る。いや、別《べつ》に困りはしないかも。

「風太《ふうた》、大森《おおもり》くんのおばあちゃんだよ。ごあいさつをしなさい」

パパが、座敷《ざしき》で麦茶をごちそうになっていた。

「こんにちは。ぼく風太です」

おばあちゃんはニコニコして、ぼくの手を引いた。

「こ」

「こ」？　おばあちゃんは、また「こ」とくり返し、ぼくの手を引く。

「来い」ってことかな。立ちあがると、おばあちゃんはぼくをパパのそばに座《すわ》らせて、手のひらくらいの黒いお皿を三枚並《まいなら》べた。

（なんか立派《りっぱ》なお皿だなあー）

光っている。ピカピカじゃなくて、中からにじみ出すような優《やさ》しい光。くいしんぼうのぼくにしてはめずらしく、お皿に見入ってしまった。

おばあちゃんが、それにのせてくれたのは見たことのないおまんじゅうだった。そのお皿を、「か」と言って、ぼくとパパの前に置《お》いた。

「か」？　首をひねっていると、今度は「け」と言う。「こ」の次は「か」そして、「け」だ。

「食べなさい」と言っているみたい。

お皿ごと手に取った。軽い。木のお皿だ。

ぼくはおまんじゅうをもう一度よく見た。形はどこにでもあるやつだけれど、色がすごい。紫《むらさき》というか……小豆色《あずきいろ》？　ちょっと毒々《どくどく》しい感じ。

とまどっていると、パパがおまんじゅうを口に入れた。

「ああ、おいしいです」と言っている。

おばあちゃんも、「く」と言って、かぶりついた。今度は「かきくけこ」に近づいている。次はぜったい「き」だ。

パパのおいしそうな顔を見て、よし、ぼくも、と思いきって口に入れた。

むっ、……なんだ、この味は？　皮のもちもちした食感。今までおまんじゅうは中のあんが勝負だと思っていたけれど、それはまちがいだった。ちがう。まったくちがう。この食感がたまらない。

そして、ちょっとだけ、ふしぎな苦味《にがみ》がある。それが、中のあんこの甘《あま》さを引き立てる。思わずさけんだ。

「すごい！　これ、おいしい！」

おばあちゃんは笑顔《えがお》になって、「め」「め」とくり返しながら、自分もおいしそうに食べた。予想に反して、「き」ではなくて、「め」だった。

これは、おばあちゃんの笑顔でわかった。「め」は、きっとおいしいってことだ。

そのとき、庭に軽トラックがやってきた。急いで降《お》りてきた頭がツルツルのおじさんは、大森《おおもり》さんのお父さんだとすぐにわかった。大森さんによく似《に》ている。かっぽうぎ姿《すがた》のおばさんは、きっとお母さんだ。

「佐藤《さとう》さんも、風太《ふうた》くんも、ようこそ。こんなに早く着くどは思っていなくて。むこうの作業小屋で、リンドウの出荷《しゅっか》作業をしていだのす」

「拓矢《たくや》が東京《とうきょう》では、ずいぶんお世話になったそうで」

「いえいえ、こちらこそ、風太《ふうた》がたくさんお世話になったんです」

と頭をさげ合っている。

大森《おおもり》さんは、今夜のごちそうのために買いものに行っているという。


まもなく帰ってきた大森さんを見て、ぼくは大声をあげそうになった。半そでのT《ティー》シャツからのぞいている両腕《りょううで》に、包帯《ほうたい》を巻《ま》いている。ほおや首には、かゆそうなブツブツがある。

どうしたのかと気になったけれど、聞くのはやめた。あとで話してくれるはず。

「風太くん、よく来てくれたね。大きぐなったなー」

とよろこんでくれる大森《おおもり》さんは、けっこう元気そうなので少し安心した。

「それにしても、ばあちゃんが、起きていでよがった」

おじさんが頭を手ぬぐいでふきながら言う。おばあちゃんは今年でちょうど百歳《さい》。いつもなら、お昼寝《ひるね》の時間だそうだ。

「そうそう、お客さんを玄関先《げんかんさき》で待たせてしまうとこだった」

おばさんが、大きな声でおばあちゃんの耳もとに話しかけた。

「ばあちゃん、ありがとがんす」

うなずいたおばあちゃんは、ぼくを指さすと、「メゲ」と言った。

どきりとした。ぼくのあだ名を大森さんが教えたの？

裏切《うらぎ》られたような気がして、大森さんを見た。大森さんは、何も聞かなかったようにニコニコしている。聞きちがいかもしれない。

おばあちゃんはお昼寝をするらしい。おばさんに手を貸《か》してもらって、立ちあがると、またぼくを見て、かすれる声で言った。

「へっちょはいだら、へっちょこ……だ」

おばさんが、うなずいている。

「はいはい、まがせでけろ」


「今日はお盆《ぼん》前の花の出荷《しゅっか》作業の最終日《さいしゅうび》だがら、早く仕事を終わらせで『ご苦労《くろう》さん会』をするのす。それまでゆっくりしていでください」

とおばさんに言われたけれど、ぼくとパパは、仕事を手伝《てつだ》うことにした。

作業小屋に向かうと、女の人たちのにぎやかな声が聞こえてきた。

近所のおばさんがふたり、それから、よそで暮《く》らしている大森《おおもり》さんのお姉さんたちも手伝いに来ているそうだ。

作業小屋に一歩入ったぼくは声をあげた。

「わー、きれい！」

ママが花屋さんで教えてくれたリンドウは、濃《こ》い青色の花だったのに、ピンクや白もある。

まっすぐにのびた茎《くき》に細長い袋《ふくろ》のような花がびっちりとついている。おばさんたちはいらない葉をつんで、ていねいに箱に入れていた。

大森《おおもり》さんが、みんなを紹介《しょうかい》してくれた。

「こっちのおばさんたちは、母さんの友だちのキビさんとアワさん」

ちょっとおもしろい名前だ。大森さんのお母さんの夕カさんとは仲良《なかよ》し三人組なんだって。お姉さんたちも紹介してくれた。

「大きい姉ちゃんと、次の姉ちゃんと、……ミクちゃん」

一番下のお姉さんは、年が近いから名前で呼《よ》ぶみたい。

ショートカットで背《せ》の高いミクちゃんが、元気に前に進み出た。

「佐藤《さとう》さん、風太《ふうた》くん、『へっちょぬげ』の『ごんぼほり』のタクちゃんが東京《とうきょう》では大変《たいへん》お世話になりました」

みんなが、あははは と笑《わら》っている。大森《おおもり》さんは頭をかいていた。

パパはリンドウの箱詰《はこづ》め、ぼくは産直《さんちょく》に出すという花束を運ぶのを手《て》伝《つだ》って、四時に仕事は終了《しゅうりょう》した。

仕事が終わると、大森さんのお母さんを含《ふく》めた三人のおばさんたちはずいぶん盛《も》りあがっていた。

「さあ、いよいよ、へっちょこだ」

「うん、へっちょこ、やるぞ！　風太くん、待ってろよ」

「へっちょこだんごは、最高《さいこう》のスイーツだがらな」

(わかった、「へっちょこ」と言っていたのは、お団子《だんご》のことなんだ)

どんなお団子《だんご》かな。ぼくはワクワクした。

おばさんたちは、エコバッグから大森《おおもり》さんが買ってきた三種類《しゅるい》の粉《こな》の袋《ふくろ》を取り出している。「おらは、これ」「おらは、こっちだ」と、確《たし》かめて手に取ると、三つの大きなお鉢《はち》の前に並《なら》んだ。

「おらたち三人は、町の『へっちょこガールズ』です！」

ガールズ？　……これって、岩手《いわて》のふしぎ？　パパも爆笑《ばくしょう》している。

きれいな薄《うす》い黄色の「いなきび粉《こ》」を手にしているのはキビさん。白っぽい「もちあわ粉」はアワさん。紫《むらさき》っぽい「たかきび粉」はタカさんだ。

タカさん以外《いがい》はニックネームだと大森さんが、ぼくにささやいた。三人は、町のイベントやお祝《いわ》いごとにも頼《たの》まれて行くんだって。

「岩手《いわて》は米の産地だども、県北《けんほく》のこのあたりは、寒さが厳《きび》しくて冷害《れいがい》の年も多いんだ。だがら、昔から寒さに強い雑穀《ざっこく》を栽培《さいばい》してきたんだよ」

「みんな食物繊維《しょくもつせんい》やミネラルがいっぱいだ」

「こんないいものなのに、今は、家でつくる人が少なくなっているから、おらたちガールズが、がんばっているわけ」

話しながら、手もよく動く三人のおばさん……じゃなくて、ガールズは担当《たんとう》の粉《こな》をお鉢《はち》に入れて、塩《しお》をほんの少しふった。それに熱湯《ねっとう》をそそぎながら練っていく。耳たぶぐらいのかたさにするんだって。

「風太《ふうた》くんは食器を出すのを手伝《てつだ》って。さあ、こっちだ」

大森《おおもり》さんは、台所の横の部屋にぼくを誘《さそ》った。


「すごーい！」

見あげるような食器棚《しょっきだな》があった。赤や黒のお椀《わん》や皿、お盆《ぼん》などが、ずらりと並《なら》んでいる。そこだけ、空気がひんやりしているような気がした。

「ねえ、大森《おおもり》さん。このお椀《わん》や、お皿は、なんか特別《とくべつ》なの？」

「うん、箸《はし》もお盆《ぼん》も、みんな同じ塗《ぬ》りものさ」

「あっ！」

ぼくは気がついた。

「ぼくにくれたお箸と同じ？」

「そのとおりだよ。漆塗《うるしぬり》の器《うつわ》。漆器《しっき》というんだ」

大森さんがお椀を一つぼくの手にのせた。プラスチックとはちがうしっとりした手ざわりだ。目の前に持ちあげると、やわらかく光っている。

「きれいだね。ぼくのお箸もこんなふうにつやつやしてきたんだよ」

「そうか、あの箸を大切にしてくれているんだね。ありがとう」

大森さんが、目を細めた。

「この漆器《しっき》が、いつか話したジャパンの正体《しょうたい》さ。何回も、何回も漆《うるし》を塗《ぬ》ったりみがいたりしてつくるんだ」

昔、その美しさに感動した西洋の人は、漆器のことを『ジャパン』と呼《よ》んだとか……。

「わかったよ。大森《おおもり》さんは、その漆塗《うるしぬり》の職人《しょくにん》をめざしているんだね」

「うん。おれのじいちゃんはこのあたりに伝《つた》わる『浄法寺塗《じょうぼうじぬり》』の職人だったんだ。ここにあるものは、みんなじいちゃんがつくったものだよ」

昔は大森さんのおじいちゃんみたいな人がたくさんいたけれど、今では職人も、漆の木さえも、少なくなってしまったんだって。

「今、国内で使われている漆で、国産《こくさん》のものはわずか五パーセント。その七割以上《わりいじょう》がここで生産されている。国宝《こくほう》の修復《しゅうふく》にも使われているんだ」

「国宝！　国の宝《たから》ってことだよね。すごい！」

日本の伝統的工芸品《でんとうてきこうげいひん》に指定されている浄法寺塗《じょうぼうじぬり》は、上質《じょうしつ》な浄法寺産の漆《うるし》を塗《ぬ》り重《かさ》ねてつくられ、使いこむことで、つやが出てくるとされている。
画像提供：二戸市《にのへし》

「だから、風太《ふうた》くんのような小学生も参加《さんか》して、今、漆《うるし》の木を育てている。おれは、その漆を使って漆器《しっき》をつくる職人《しょくにん》になりたいんだ。……でも……」

　大森《おおもり》さんは、包帯《ほうたい》を巻《ま》いた腕《うで》をながめながら、顔をくもらせた。

「負けてしまって……」

「負けた？　だれかと、けんかしたの？」

「そうじゃないよ。負けたというのは、漆にかぶれたということさ。みんな一年もすると慣《な》れてかぶれなくなるのに、おれだけいつまでもくり返す。だからいっしょに始めた人よりも、修業《しゅぎょう》がずいぶん遅《おく》れている。くやしくて。……もうダメかと、何回も思ったんだ」

大森《おおもり》さんが泣《な》きそうな顔になった。

（そうだったのか……。つらいだろうな。ぼくならもう無理《むり》かも）

でも……やっぱり、いやだ。大森さんには必《かなら》ず夢《ゆめ》をかなえてほしい。

「ダメだよ！　大森さん、あきらめちゃダメ！」

ぼくは涙声《なみだごえ》になっていた。

ぼくは、大森さんをはげますために岩手《いわて》まで来たんだ。ごちそうを食べるためじゃない。結婚《けっこん》もダメになったのに、夢までなくなったら悲しすぎる。

「ここであきらめたら、『へっちょぬげ』の『ごんぼほり』になっちゃうよ」

「風太《ふうた》くん、ありがとう。おれは、あきらめてなんかいないよ。人より時間がかかりそうだけど、がんばるよ。心配かけてごめん」

と、大森《おおもり》さんが笑顔《えがお》になった。

食器《しょっき》を選《えら》んで台所に戻《もど》ると、練《ね》った粉《こな》をみんなで、手のひらで転がして丸くしていた。小さめなピンポン球って感じ。

お姉さんたちもいっしょに、大きいとか、小さいとか、にぎやかだ。

「楽しそう！　ぼくもやるよ」

「丸めたら、次は指で真ん中をへそみたいに、へこますんだよ」とガールズ。

「おお、風太くんは上手《じょうず》だな」とほめられた。

「これ、ミクちゃん。そんなに強く押《お》したら、穴《あな》が開くべ」

注意されて、ミクちゃんが舌《した》を出している。

三色のおへそが次々に並《なら》んでいく。ぼくはさけんだ。

「ぼく、もうわかったよ。おへそみたいだから、へっちょこだんごなんだね！」


次は、団子《だんご》を湯気《ゆげ》のあがった、あんこの汁《しる》の中に、投げこんでいく。ゆであがると、三色のおへそがポカンポカンと浮《う》かんできた。だから、「うきうきだんご」とも呼《よ》ぶそうだ。ふんわりしておいしそう。

「さあ、できた。お師匠《ししょう》さんも呼んでくるべ」

タカさんが立ちあがった。

「えっ、お師匠さん？　どんな人かな？」

連《つ》れてこられたのは、おばあちゃんだった。へっちょこガールズに、この伝統《でんとう》のおやつを教えたのはおばあちゃんなんだって。昼にごちそうしてくれたたかきびのおまんじゅうも、今朝《けさ》、おばあちゃんがつくったのだという。

「栄養価《えいようか》が高くて、冷害《れいがい》にも負けない、そしておいしいお団子《だんご》をこうやって伝《つた》えているんですね」とパパが感心していた。

おばあちゃんは雑穀《ざっこく》を食べてきたから、百歳《さい》でも元気なんだと思った。

準備《じゅんび》ができると、おじさんが、みんなを見まわした。

「さあ、今日でお盆《ぼん》前の仕事はおしまいだ。みんな、暑いなか、へっちょはいだな。ごくろうさん」

「えっ?」

ふしぎそうなぼくとパパにおじさんが説明《せつめい》してくれた。

「へっちょはいだ」は「疲《つか》れた」「苦労《くろう》した」という意味。だから、「へっちょこだんご」は疲れて苦労したときのお団子《だんご》、という意味もあるという。

「『庭じまい』といって、秋の農作業が終わった日や、お祝《いわ》いのとき、それから、お客さんをもてなすときにもつくる特別《とくべつ》なおやつなんだよ」

「つまり」と、ぼくは立ちあがった。

「『へっちょはいだら、へっちょこだんご』は、『疲れたらへっちょこだんごを食べよう』ってことだね。ぼくは、おへそをはいで、食べられるのかと思った」

そう言ったら、笑《わら》い声《ごえ》がおこった。

「んだんだ。遠くから来てくれで、へっちょはいだ風太《ふうた》くんとパパさんに、かんぱい……と言いたいところだが、その前に息子《むすこ》から話があるそうです」

おじさんが言うと、大きい姉ちゃんでも、次の姉ちゃんでもない、ミクちゃんが、大森《おおもり》さんと前に出てきて並《なら》んだ。

（なんで？）

「ほら早く」とミクちゃんに腕《うで》をつつかれ、大森さんが口を開いた。

「ええと……、あの、おれたち、……今月、結婚《けっこん》します」

「えええええ――！」

ぼくは大声をあげてしまった。

「ミクちゃんは三番目のお姉さんじゃなかったの？」

「ごめん。もうひとりの姉ちゃんは、今日は来ていないんだ」

ミクちゃんは、アワさんの娘《むすめ》で、大森さんの幼《おさな》なじみなんだって。

「おれが、こんなで修業《しゅぎょう》が遅《おく》れているから、結婚式《けっこんしき》はできないけど……」

ぼくは頭が混乱《こんらん》していた。

「ちょっと待ってよ。ぼく、大森《おおもり》さんはふられたのかと思って、本気で心配したんだからね。心配で、心配で、パパと岩手《いわて》まで来たんだからね」

言いながら、なんでだかわからないけれど、涙《なみだ》が流れた。

「早く話してくれたらいいのに！」

泣《な》いて、文句《もんく》を言うぼくは、『ごんぼほり』だ。パパも、涙をぬぐっている。

大森さんがミクちゃんにしかられていた。

「初《はじ》めて会ったときに、ちゃんと紹介《しょうかい》してくれないからよ！」

「恥《は》ずかしくて……」

岩手県《いわてけん》

「だめねえ！」

ふたりは、まるでお姉ちゃんと弟みたいだ。


大きなテーブルには、ごちそうがいっぱい並《なら》んだ。

串《くし》に刺《さ》して焼《や》かれたお豆腐《とうふ》が、味噌《みそ》とニンニクの香《かお》りをただよわせている。田楽豆腐《でんがくどうふ》というそうだ。

大皿いっぱいの煮物《にもの》。ナスやキュウリの漬《つ》けものも山のように盛《も》られている。トウモロコシや枝豆《えだまめ》もある。ヨーグルトには、畑で見た大粒《おおつぶ》のブルーベリーが、どっさりとのっかっていた。

おばさんたちが、「か」と言って、取り分けのお皿を渡《わた》してくれた。

「風太《ふうた》くん、田楽豆腐、け」「トウモロコシ、け」とすすめてくれる。「か」は「はい、どうぞ」かも。「け」は「食え」……お食べなさいってことだ。

「おらは、ナス漬《づ》けを『く』と言っている。そうか、「く」は「食う」なんだ。

ぼくは、頭の中でまとめた。

「こ」は「来い」つまり、おいで。

「か」は「はい、どうぞ」

「け」は「食え」つまり、お食べなさい。

「く」は「食う」つまり、食べます。

「め」は「うめえ」つまり、おいしい。

なるほど！

いよいよ、主役の登場だ。浄法寺塗《じょうぼうじぬり》の器《うつわ》に分けられたのは、もちろ

へっちょこだんご。

ん、へっちょこだんご。赤いお椀《わん》の色が、アズキの茶色に似合《にあ》っている。その中の紫《むらさき》がかったお団子《だんご》には見覚《みおぼ》えがあった。

「おばあちゃんがつくってくれたおまんじゅうの色！　ええと、たかきび！」

へっちょこガールズにすすめられて、ぼくは次々におかわりをした。

黄色のいなきびは、タンパク質《しつ》がたっぷりなんだって。白っぽいもちあわは、もっちりとした食感。たかきびは、さわやかな苦味《にがみ》が甘《あま》い汁《しる》に似合う。ぼくはこれが一番好《す》きかも。

「ふうー、もう無理《むり》。動けないや」

ぼくは寝転《ねころ》んでしまった。

「こら、ぎょうぎ悪いぞ」

パパにしかられて、起きあがろうとしたときだった。

おばあちゃんがニコニコして、ぼくの頭をなでてくれた。

「メゲ、メゲ……」

おばあちゃん、わかったよ。「かわいい」って言ってくれているんだよね。

「めんこい」↓「めんけ」↓「メゲ」ってとこかな。

そうか、おばあちゃんは、縁側《えんがわ》で眠《ねむ》っていたぼくを見て、「へっちょはいだべ」って言ったのは、「疲《つか》れただろう」って心配してくれたんだ。

疲《つか》れただろうから、へっちょこだんごをつくってごちそうしてあげなさいね、かわいいね、ってくり返してくれていたんだ。

こわいなんて思って、ごめんなさい。ありがとうおばあちゃん！

次の日は、ミクちゃんが漆塗《うるしぬり》の工房《こうぼう》に案内《あんない》してくれた。大森《おおもり》さんもいっしょに来ると言ったけれど、ミクちゃんにしかられていた。

「タクちゃんは、病院でしょ！　早く治《なお》さないと！」

工房には若《わか》い職人《しょくにん》さんたちもいた。漆《うるし》の木から樹液《じゅえき》を採取《さいしゅ》する「漆かき」の職人さんもいるんだって。

ショールームに並《なら》ぶ作品を前に、ぼくは胸《むね》がいっぱいになっていた。

大森さんはここで、苦しいことがあっても、へっちょぬげしても、ごんぼほりしても、ミクちゃんや家族にはげまされたり、しかられたりしながら、夢《ゆめ》に向かってがんばっていくのだと思う。

そして、こんなにすごい漆塗《うるしぬり》をつくる職人《しょくにん》さんになるんだ。

「ねえ、パパ、ぼくも大森《おおもり》さんみたいな夢《ゆめ》、見つけたいな」

「うん、きっと見つかるぞ」

とパパが言ってくれた。


今、ぼくとパパは帰りの東北新幹線《とうほくしんかんせん》の中だ。

ママへのおみやげは、ピンクや白も入ったリンドウの花束。

弟のユウキには、漆塗《うるしぬり》のお箸《はし》。ショールームのお姉さんが、初《はじ》めての子ども用のお箸を選《えら》んでくれた。なんの模様《もよう》もないけれど、「お兄ちゃんと同じ」ってよろこんでくれるはず。

窓《まど》の外には、どこまでも田んぼが広がっている。

「ああ、気持ちいい」

新学期からは、ぼくに「メゲ！」っていう子がいたら、笑《わら》ってこう言う。

「『かわいい』って言ってくれてありがとう！」

秋田県《あきたけん》

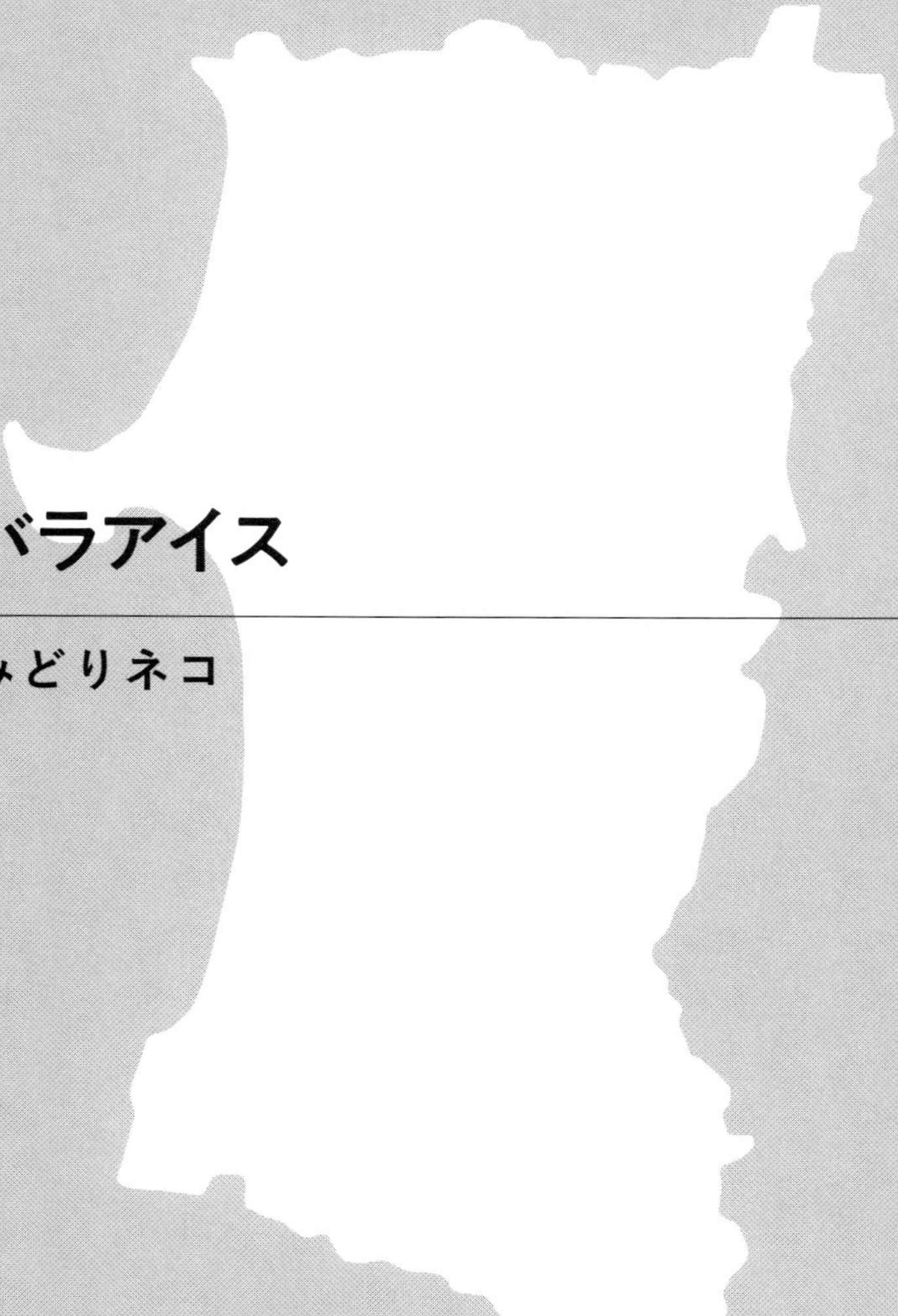

バラアイス

みどりネコ

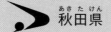

今年は泳げるようになるのかな。

学校のプールに向かいながら、計画表に書いた言葉が頭に浮《う》かぶ。


クロールで25メートル泳ぐ！


夏休み前、プール開きで初泳《はつおよ》ぎを披露《ひろう》した大ちゃんを見て、わたしもあんなふうに泳ぎたい！　と勢《いきお》いだけで目標《もくひょう》を書いてしまったのだ。

どうしたら、大ちゃんみたいに、のびやかに楽しそうに泳ぐことができるんだろう。

どこまでも続《つづ》く白い砂浜《すなはま》と青い海。晴れた日には、北に白神山地《しらかみさんち》、南には男鹿半島《おがはんとう》が見られる。東側《ひがしがわ》にある八郎潟干拓地《はちろうがたかんたくち》は、かつて日本で二番目に大きな湖だったらしい。今は大部分が干《ほ》しあげられ、きれいな田《でん》園風景《えんふうけい》が広がっている。

わたしは田んぼの中の、どこまでものびるまっすぐな道が好《す》き。春には満開《まんかい》の桜《さくら》と菜《な》の花《はな》が、夏には元気なひまわりが、わたしたちの目を楽しませてくれる。

そんな海沿《うみぞ》いの小さな町で、わたしと大ちゃんは生まれた。

同い年で家も近所だったわたしたちは、夏になると、毎日のようにおばあちゃんといっしょに浜《はま》へ行った。うきわをつけて波に浮《う》かんだり、砂《すな》で川やお城《しろ》をつくって遊んだり。泳ぐというより、じゃれるように遊んでいた。

けれど、小学校にあがったころから、わたしと大ちゃんはあまり話をしなくなった。

学校のプールは、海とは勝手がちがっていた。わたしは、ツーンとした塩素《えんそ》のにおいがする水に顔をつけることができず、気づいたら、うまく泳げない子になっていた。

ひさしぶりの太陽が、真上から照《て》りつけている。午前中、雨が降《ふ》っていたせいか、プールに来ている人は少ない。

準備《じゅんび》運動を終えると、遅《おく》れて入ってくる人影《ひとかげ》が見えた。

青い水泳キャップということは五年生?

大きなロゴの入ったスポーツタオルに、黒いゴーグル。大ちゃんだ!

あわてて、先生をとり囲《かこ》んでいる子たちの後ろに隠《かく》れ、シャワースペースへ移動《いどう》した。そして授業《じゅぎょう》のときと同じように、プールの一番はしのコースに行って練習を始める。

バタ足をしながら、大きく腕《うで》をまわして水をかき、横を向いて息継《いきつ》ぎをする。習ったとおりに体を動かしているのに、全然《ぜんぜん》進まない。コースの半分にも届《とど》かないうちに足をついてしまった。何度も足をついて、最《さい》後《ご》には泳いでいるのか歩いているのかよくわからない状態《じょうたい》で、ゴールした。

やっぱりわたし、水泳に向いてないのかも。すっかりやる気を失《うしな》ってしまった。

でも、そのときだった。

「亜美《あみ》、がんばってんな」

ふり向くと、となりのレーンに大ちゃんが立っていた。ゴーグルで目は隠《かく》れているけれど、口もとは笑《わら》っている。

「大ちゃん、来てたんだ」

わたしは、今気づいたような顔をした。

「めっちゃまじめに練習してたね」

「す、水泳、苦手《にがて》だから」

そう言ったとたん、思い出した。

小二の夏休み、プールで泳いでいたら、とつぜん同じクラスの男子が、わたしを指さして「あみちゃん、変《へん》な泳ぎ方！」と笑《わら》い出したことがあったのだ。

おどろいて、何も言えずにいると、近くにいたほかの男子も次々に吹《ふ》き出した。自分はほかの子より上手《じょうず》に泳いでいると思っていたので、すごくショックだった。

そうだ、あのときから、ますます泳ぎが苦手になったんだ。

大ちゃんにも笑われる？　わたしは、緊張《きんちょう》してガチガチになってしまった。ところが……。

「バタ足をするときは、できるだけひざを曲げずに、足のつけ根を意識《いしき》してキックするんだ。そうすると、もっとスピードがあがると思うよ」

大ちゃんは、泳ぎ方を親切に教えてくれた。それなのに、わたしは顔をあげられずにいた。へたくそな泳ぎを見られたから？　それもある。でもそれだけじゃない。大ちゃんと、こんな近くで話をするのが、すごくひさしぶりだからだ。

「いや、亜美《あみ》が遅《おそ》いって言ってるわけじゃないんだ……ごめん！」

ずっと固《かた》まったままのわたしに、申《もう》し訳《わけ》なさそうに謝《あやま》った。

大ちゃんの声が上の方から聞こえる。

また背《せ》が高くなったんだ。

もしかして、わたしの顔赤くなってる？

「おーい、大地《だいち》ー！　こっちで練習しよう」

「今行くー」

友だちに呼《よ》ばれた大ちゃんは「じゃあ、行くね」と右手をあげて、プールサイドにあがり、行ってしまった。

どんどん離《はな》れていく大ちゃんの後ろ姿《すがた》を、ずっと目で追ってしまう。

あーあ、何やってんだろ。せっかく教えてもらえるチャンスだったのに。熱《あつ》くなった顔を冷《ひ》やすために、パシャパシャとほっぺたに水を浴《あ》びせる。

結局《けっきょく》、プールのへりにつかまってバタ足をしているうちに、終わりの時間になってしまった。

プールの外に出ると、むっとした熱い空気が体にまとわりついてきた。

ずっしりと重くなったプールバッグを肩《かた》にかけると、日焼《ひや》けした肌《はだ》がひりひりする。

日陰《ひかげ》を探《さが》しながら角を曲がると、少し離《はな》れたところに、自転車に乗った大ちゃんが見えた。

どうしよう！　とっさにボサボサの髪《かみ》の毛を、指でとかす。

とにかく今日のことを謝《あやま》らなくちゃ。

「大ちゃーん！」

自分でもびっくりするくらい大きな声で呼《よ》んでしまった。大ちゃんが自転車をとめ、きょろきょろあたりを見まわしている。手をふると、ようやくこちらに気づいてくれた。

「亜美《あみ》！」

大ちゃんは、自転車でわたしのところまで来てくれた。

「あの……、今日、ごめんね。せっかく教えてくれたのに」

「いや、おれの方こそ、余計《よけい》なこと言ってごめん」

面倒見《めんどうみ》がよくて優《やさ》しいところは変《か》わってない。シングルマザーで仕事がいそがしいお母さんのために、すすんで家の手伝《てつだ》いをしている大ちゃん。家でゴロゴロしているだけのわたしとは大ちがいだ。

「えっと、あの……これから、どこか行くの？」

大ちゃんが向かっていた方向にはクラスメイトの家があったかな、と見る。

「暑いから、バラアイス食べに行こうと思って」

バラアイス！　こんな暑い日に食べたら最高《さいこう》だろうなぁ。黄色とピンクのカラフルなアイスが頭に浮《う》かんだ。

「大ちゃんて、昔からバラアイス好《す》きだよね」

「うん。アイスのなかで一番好きかも」

「そうなんだ」

ミーン　ミンミンミンミン　ミ――

セミの鳴き声だけが、響《ひび》きわたっている。

「亜美《あみ》もいっしょに行かない？」

「えぇっ！　いっしょに？」

誘《さそ》われるとは思ってもみなかったので、おどろいて、すっとんきょうな声をあげてしまった。

「いそがしい？」

「だいじょうぶ、行く、行く！　ちょっと待ってて」

わたしは早足で自転車を取りに行った。

秋田《あきた》といえば、たくあんの燻製《くんせい》のような「いぶりがっこ」や「きりたんぽ鍋《なべ》」が有名だけど、おばあちゃんたちが路上で売っているバラアイスも名物の一つだ。最近《さいきん》では、テレビや雑誌《ざっし》でも紹介《しょうかい》されている。

バラアイス屋さんは、いつも同じところにいるとはかぎらない。パラソル一つでお店をかまえ、国道沿《ぞ》い、空《あ》き地《ち》、公園の駐車場《ちゅうしゃじょう》などいろんなところに現《あらわ》れる。

「おれ、この間、ホームセンターの近くでアイス屋さん見たんだ」

「ホームセンター？　じゃあ、近道しよう」

川沿いのまっすぐな道を自転車で走る。青々とした稲《いね》が、さわさわと風に吹《ふ》かれて揺《ゆ》れている。時々、大ちゃんがチラッとわたしの方をふり返り、スピードを落としてくれるのがうれしい。

十字路で止まると、大ちゃんがぼそっとつぶやいた。

「バラアイスって、食べたいときにかぎってなかなか見つからないんだよな」

「土日ならけっこう、あちこちにいるんだけどね」

県道に出るとすぐ目的《もくてき》のホームセンターに着いた。けれど、どこを見ても、アイス屋さんはいない。

「おかしいな。この間はいたのに……ごめん」

「仕方ないよ。じゃあ、次は浜《はま》に行ってみよう」

わたしは自転車の向きを反対方向に変《か》えた。

「そうだな、海水浴場《かいすいよくじょう》なら、アイス屋さんいるかも」

ふたたび大ちゃんが先頭になり、海の方に自転車を走らせる。

「のど乾《かわ》いたねー」

前を走る大ちゃんの背中《せなか》に向かって、大声で言った。

「がんばれ！　バラアイスが待ってるぞ」

前かがみになって、ふらつきながらも、大ちゃんがかけ声をかける。

汗《あせ》をかいたおでこに海風があたり、ひんやりして気持ちいい。風力発電の白い風車が、松林《まつばやし》のむこうでゆっくりとまわっている。

ゆるやかなカーブの先に、青い海が見えてきた。

たくさんの車がとまっている駐車場《ちゅうしゃじょう》に、あった！

しましまのビーチパラソル！

道路沿《そ》いやイベント会場などでパラソルを立ててアイスを販売《はんばい》するようすが、秋田県《あきたけん》の夏の定番となっている。

「やったー！　アイス屋さん発見！」

前を走っていた大ちゃんが、うれしそうな声をあげた。

「よかったー！　やっとアイスが食べられるー」

自転車をとめ、パラソルのそばへ行くと、アイス売りのおばあちゃんがパイプ椅子《いす》から立ちあがった。帽子《ぼうし》をかぶり、その上からスカーフを、ほっかむりのように巻《ま》いている。

「はい、いらっしゃい」

「バラアイス二つください」

アイス缶《かん》の横のトレイにお金を置《お》く。

「はいよー」

おばあちゃんが、サッと銀色のヘラを手に取った。

ピンクと黄色のアイスが入った大きな缶から、ヘラでアイスをすくい

秋田県《あきたけん》

イチゴ風味とバナナ風味の２色のアイスが、バラの花のように盛《も》りつけられるのが一般的《いっぱんてき》。

取り、コーンの真ん中にふたをする。そのあと、薄《うす》くけずり取ったアイスを、花びらのように重ねてバラの形をつくる。最後《さいご》に形を整えて出来あがり。

「はーい、できだよー」

おばあちゃんが、先に出来あがったバラアイスを大ちゃんに渡《わた》した。

「お先にどうぞ」

大ちゃんがそのバラアイスを、わたしに差《さ》し出した。

「ありがとう」

アイスが一輪《りん》のバラに見えて、心がふわふわした。

「はい、じゃあこっちはお兄ちゃんの分。

暑いがら、とけないうちに早く食べれな」

おばあちゃんが大ちゃんにアイスを渡《わた》して、優《やさ》しくほほえんだ。

「はい、ありがとうございます」

駐車場《ちゅうしゃじょう》のすぐむこうに、真っ青な海が広がっている。浜《はま》には、ビーチテントやパラソルが並《なら》び、海水浴《かいすいよく》に来た人たちでにぎわっている。

「冷《つめ》てー！　やっぱりうまい！」

バラアイスをひと口食べて、うれしそうに顔をくしゃっとさせる。

「いただきまーす！」

なめらかなアイスが、くちびるとのどをうるおし、乾《かわ》いた体にしみわたっていく。

「バラアイスって、海で食べるのが一番うまいよね」

「うん。わたし、泳いだあとに食べるのが好《す》き」

こぼれそうになるたびに、くるっとコーンをまわし、向きを変《か》えてアイスを食べる。

少しシャリシャリするシャーベットのようなさっぱりとした口あたり。イチゴ風味の優《やさ》しい甘《あま》さが口の中に広がっていく。

「やべー、暑いからどんどんとけていく」

「ほら、大ちゃん、こっち側《がわ》、こぼれちゃうよ」

「亜美《あみ》も、ほら、服にこぼしてるって」

「え、どこどこ？」

あわてるわたしを見て「うそだよ」と、いたずらっぽく笑《わら》う。

食べ終わったあと、わたしたちは波が引いたあとの温かい砂《すな》の上をはだしで歩いた。

「校外学習で行った男鹿《おが》のゴジラ岩とか、岩場もよかったけどさー、やっぱここに来ると安心する」

大ちゃんは、大きく息を吸《す》ってまぶしそうに目を細めた。

「わたしも砂浜《すなはま》の方が好《す》きだな」

波打ち際《ぎわ》で、小さな男の子が遊んでいる。

「大ちゃんも小さいころあんな感じだったよね」

「そうそう。おれも、あんな感じの黄色いうきわ持ってた」

あのころは、うきわにつかまって水に浮《う》かんでるだけでも楽しかった。

「わたしも大ちゃんくらい上手《じょうず》だったら、みんなの前で堂々《どうどう》と泳げるのになー」

わたしがため息をつくと、大ちゃんは急に真顔になった。

「亜美《あみ》は人の目を気にしすぎだよ」

「うん。……そうだね」

「おれも、初《はじ》めは泳げなかったし、プールの水に慣《な》れるまではきつかったけど、今は泳いでいる時間が好《す》きなんだ。何も考えなくていいし」

「そういうのかっこいい。でも、わたしには無理《むり》だな……」

「無理じゃないよ。亜美《あみ》ならできる」

「そう言ってくれるのは大ちゃんだけだよ」

つくり笑《わら》いをしてごまかした。

すると大ちゃんは何かを思い出したように、わたしの方に向き直った。

「ちょっと背筋《せすじ》をのばしてみて。ふだんから姿勢《しせい》をよくすると、フォームがブレにくくなるし、腕《うで》の動きもよくなるんだ」

「こう？」

気をつけ、をするみたいにピッと胸《むね》をはる。

「もっとお腹《なか》に力を入れて。もっと遠くを見るように」

「遠くを見るように……？　こう？」

頭をスッと空に近づけ、背中《せなか》をのばす。やわらかな声で大ちゃんが言った。

「亜美《あみ》」

「ん？」

「その方がずっといいよ」

その瞬間《しゅんかん》、ここまで届《とど》かないと思っていた波が、わたしのつま先にふれた。

ぎゅっと、踏《ふ》みしめていた砂《すな》が、足の裏《うら》でさらさらとくずれていく。

遠くに見える山々も、キラキラ光る波も、いつもよりずっとまぶしい。

「どうした？」

ふしぎそうにわたしの顔をのぞきこむ。

「なんでもない」

「なんでもなくないでしょ」

「大ちゃん、優《やさ》しいなと思って」

「なんだそれ」

少しうつむいて、照《て》れくさそうに笑《わら》っている。ほっぺたにできるえくぼは、小さいころのままなのに、横顔は大人っぽくてドキドキした。

浜《はま》で遊んでいた親子が、波打ち際《ぎわ》でサンダルについた砂《すな》を洗《あら》い落としている。

夕暮《ゆうぐ》れ時が一番さびしい。

「そろそろ帰ろっか」

大ちゃんの明るい声に、わたしは、こくんとうなずいた。

夕日が沈《しず》むまでいたかったけど、さすがにもう帰らないと。

どこに行っても思うんだけど、どうして帰りって早く感じるんだろう。すごくゆっくり自転車を走らせたはずなのに、あっというまに家にたどり着いてしまった。

「じゃあ」

大ちゃんが右手をあげた。

「うん、また海に行こうね」

「おう、またいっしょにアイス食べよう」

自転車で走り去る大ちゃんの後ろ姿《すがた》を見て、胸《むね》がキュッとした。

これが「胸のときめき」なのかな。そうだとしたら、わたしの胸はこわれそうなくらいときめいている。

七月も終わりに近づいたころ、東北《とうほく》北部の梅雨明《つゆあ》けが発表された。朝から雲一つない青空。やっと、本格的《ほんかくてき》な夏が始まる。秋田《あきた》の夏は短い。八月に入るとすずしい日も多くなる。

プールバッグに水着を入れるとき、少しだけユウウツな気持ちになったけど、鏡《かがみ》を見て背筋《せすじ》をぴん、とのばすと、不安が消えて、上手《じょうず》に泳げるような気がする。まるで元気になれるおまじないみたい。

大ちゃんが来たら泳ぎ方を教えてもらおう、とはりきってプールに出かけた。

でもその日も、週が明けても、大ちゃんはプールに姿《すがた》を見せなかった。

どうしたんだろう。風邪《かぜ》でも引いたのかな。それとも旅行かな。大ちゃんが来るときまでに、少しでも上手になりたくて、一生懸命《いっしょうけんめい》練習していた。

何日かたったある日、学校のプールが終わって帰ろうとしていたら、偶然《ぐうぜん》同じクラスの男子の話が耳に入ってきた。

「ところで大地《だいち》って、なんで引《ひ》っ越《こ》したの？」

「家庭の事情《じじょう》だって」

大ちゃんが引っ越し？　そんなの信《しん》じられない。

「山本《やまもと》くん、ちょっと待って！　大ちゃん引っ越したの？　いつ？　うそだよね？」

たたみかけるように聞いた。

「おれも知らなかったんだよ。大地のゲーム、ずっとオフラインのままだし、プールにも来ないから先生に聞いたんだ。そしたら、夏休み最初《さいしょ》の土曜に引っ越したって」

土曜日といえばふたりで海に行った次の日だ。どうして言ってくれなかったんだろう。

「お別《わか》れ会もしてないのに……。だれか、連絡先《れんらくさき》を知ってる人いないの？」

山本《やまもと》くんに詰《つ》めよる。

「あいつ、スマホ持ってたけど、ちょっと前に解約《かいやく》しちゃったんだよね。夏休み明け、クラスのみんなで手紙を書くみたいだよ」

何も知らないのに、手紙なんて……。何を書けばいいのかわからない。

家に帰っても、大ちゃんのことばかり考えてしまう。いても立ってもいられず、ひとりで大ちゃんの家に向かった。

門の前に立っただけで、胸《むね》の音がはやくなる。だれかいるかな。ふるえる手でインターホンを押《お》す。しーんとして、人のいる気配《けはい》はしない。

表札《ひょうさつ》ははがされ、白いポストには郵便物《ゆうびんぶつ》が入れられないように、テープがはられている。やっぱり、引《ひ》っ越《こ》したのは本当だったんだ。

見慣《みな》れた景色《けしき》を見ていると、まだこの町のどこかに大ちゃんがいるような気がする。大ちゃんは、わたしに水泳を教えてくれたのに、わたしは話も聞いてあげられなかった。モヤモヤした気持ちを抱《かか》えたまま、海に向かって自転車を走らせた。

海に着くと、駐車場《ちゅうしゃじょう》にはアイス屋さんのパラソルがあった。

「バラアイス、一つください」

「はい、どうぞ」

おばあちゃんもバラアイスもあの日と同じなのに、大ちゃんはここにいない。大ちゃんのいない海が、こんなにさびしいなんて。

「早ぐ食べないと、とけちゃうよ」

アイスを見つめるわたしに、優《やさ》しい声でおばあちゃんが言った。

とたんに、ふっと力がぬけた。鼻の奥《おく》がつーんと痛《いた》くなり、涙《なみだ》がこみあげてくる。おばあちゃんに顔を見られないように、うつむいて浜《はま》に向かった。

とけたアイスのしずくが、ぽたり、ぽたりと白い砂《すな》に落ちる。口もとに近づけると、甘《あま》くてせつない香《かお》りがした。

金魚すくいをした夏祭り、りんごあめを食べた花火大会、いっしょに見た流れ星。ひと口食べるたびに大ちゃんの笑顔《えがお》を思い出す。

小さな花びらのような「スキ」が重なって、花になる。それが恋《こい》なのかな。

ザザーン　ザザーン

優《やさ》しい波の音。ここに来ると安心するって言った大ちゃんの気持ちが少しわかる。
そのとき、波が白いしぶきをあげて、足もとに打ちよせた。

――もっと背筋《せすじ》をのばして――

大ちゃんの言葉を思い出して顔をあげると、目の前には、あの日と変《か》わらない大きくてまぶしい海があった。

夕日がきれいなこの海も、わたしたちの思い出も、なくなったりしない。

いつかまたいっしょにバラアイスを食べようね

大ちゃんへの手紙にはそう書こう。

スッと背筋《せすじ》をのばし、遠くを見つめる。

ゆっくりと歩き出したわたしの背中を、海風が優《やさ》しく押《お》してくれた。


今年は夏休みの後半に入ってもまだ暑く、プールに来る子たちが増《ふ》えてきた。今日も午前中から気温がぐんぐんあがっている。

わたしは髪《かみ》をぎゅっと一つにまとめて、水泳キャップをかぶった。

大ちゃんに教えてもらったとおり、ひざを曲げないように、足のつけ根を意識《いしき》して動かす。まだ二十五メートルには届《とど》かないけど、速く進むようになってきた。

　ゴーグルをはずしてまわりを見まわす。いなくなって初《はじ》めて気づいたんだけど、わたしはいつも無意識《むいしき》のうちに大ちゃんを探《さが》している。このくせはしばらくぬけそうにない。

　そうだ、夏休み中に目標《もくひょう》を達成《たっせい》したら、大ちゃんへの手紙に書こう。夏祭りのこと、花火大会のこと、手紙に書きたいことが少しずつ増《ふ》えている。

　だれかが、こちらに手をふりながら近づいてきた。夏休み前、水泳の授業《じゅぎょう》で同じグループだった友梨香《ゆりか》と真由《まゆ》だ。

「おーい、亜美《あみ》ー。なんかちょっと会わないうちに背《せ》がのびたんじゃない？」

「ホントだー。だれかと思ったら亜美だ。自分ばっかりうまくなってズルいよ～」

水泳の苦手《にがて》な真由《まゆ》が、ほっぺたをふくらませた。

「おれ、亜美《あみ》って水泳きらいなのかと思ってたけど、すげー楽しそうだよね」

近くで練習してた山本《やまもと》くんも、おどろいた顔をしている。

「そうかな」

みんなにほめられると、少し恥《は》ずかしい。

「ねえ、いっしょに練習しない？　うちらにも泳ぎ方教えてよ」

友梨香《ゆりか》が誘《さそ》ってきた。

「もちろん、いいよ！」

クロールのコツをみんなにも教えてあげよう。

青空に入道雲がわきあがっている。

わたしはゴーグルをつけて、よし、と小さくつぶやいた。

青森県《あおもりけん》

りんごの気持ち

もえぎ 桃《もも》

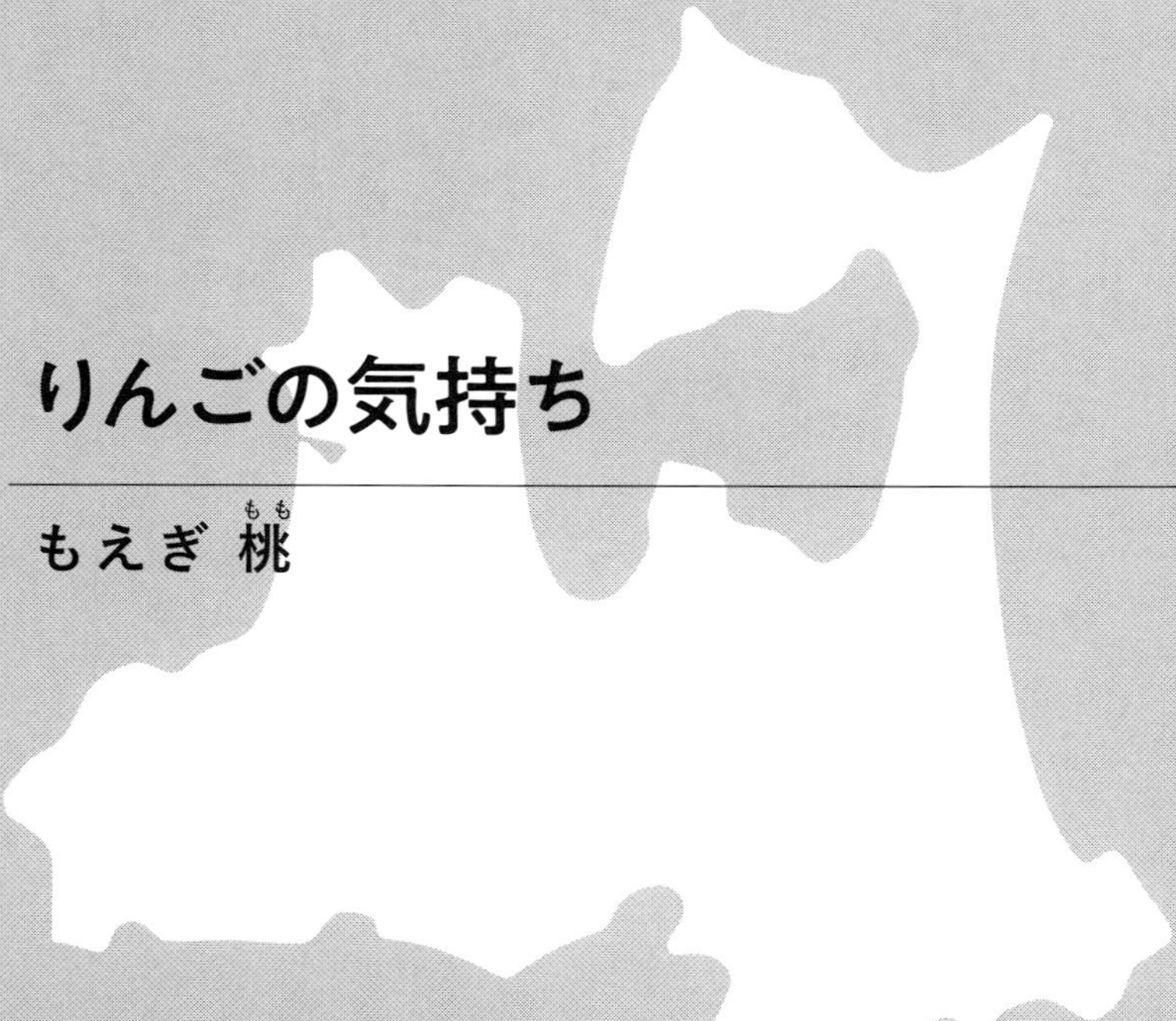

わたしのお母さんは、フリーアナウンサーの工藤絵里衣《くどうえりい》。青森《あおもり》で、半分芸能人《げいのうじん》みたいに活動している。テレビでリポーターをやったり、ラジオ番組を持っていたり。

学校でも、「凛子《りんこ》ちゃんのお母さん、昨日《きのう》テレビに出てたね！」「すごいよね～！」って、よく友だちにうらやましがられるんだ。

テレビでマイクを持って、「今日は話題のお店にやってきました！」とやっているお母さんは、確《たし》かにかっこいい。しかも、バリバリ働《はたら》いているのにお菓子《かし》の腕《うで》はプロ級で、家の中もいつもきれいで、学校の行事も必《かなら》ず来てくれる。仕事も家事も育児《いくじ》も完璧《かんぺき》にこなす、スーパーウーマン……らしい。

でも、「凛子ちゃんのお母さん、すごいね！」と言われてうれしかったのは、低学年《ていがくねん》のころまでだ。三年生になった今は、お母さんをほめられるとすごくフクザツな気分になる。

だって、わたしにとってのお母さんは、口うるさいクソババアだもん。

「凛子《りんこ》！　ほらほら早くしなさい！　遅刻《ちこく》しちゃうでしょ！」

「しっかりしてくれなきゃ困《こま》るわ、お母さんはいそがしいの！」

「勉強したの？　宿題は？　塾《じゅく》の準備《じゅんび》は終わってるの？」

テレビではニコニコしてるけど、家ではずっとガミガミ、ガミガミ。

自分がてきぱきできるから、わたしがのろまに見えるんだと思う。時々イライラがマックスになると、「あー、かちゃくちゃない！」と怒《おこ》る。「かちゃくちゃない」というのは、津軽弁《つがるべん》で「イライラする」という意味。

お母さんはテレビでは標準語《ひょうじゅんご》だけど、家では津軽弁だ。わたしは弘前《ひろさき》市《し》に住んでいて、弘前は津軽弁。ちなみに、青森県《あおもりけん》には津軽弁と南部弁《なんぶべん》という二つの方言があって、全然《ぜんぜん》ちがうんだ。青森市《あおもりし》や弘前市は津軽弁で、八戸市《はちのへし》や三戸郡《さんのへぐん》は南部弁《なんぶべん》。

で、お母さんがガミガミ言うから、「はいはい、やればいいんでしょ！」なんて言うと、お母さんは「凛子《りんこ》はすぐえへる！」とまた怒《おこ》る。この「えへる」も津軽弁《つがるべん》で、「へそを曲げる」という意味。

そんなわけで、お母さんとわたしはとっても仲《なか》が悪い。ううん、もっとストレートに言うと、わたしはお母さんが大っきらいだ。

でも、お母さんは人気ショーバイ。娘《むすめ》のわたしが「口うるさくて大きらい！」と言って、それがSNS《エスエヌエス》に書かれでもしたら大変《たいへん》だ。それくらいわたしにもわかってるから、工藤絵里衣《くどうえりい》の悪口はぜったいに言わないと決めている。

それなのにお母さんときたら、わたしの悪口はすごく言う。昨日《きのう》も、授業参観《じゅぎょうさんかん》のあとに先生と話していて、わたしの悪口ばかり言っていた。

「凜子《りんこ》さん、勉強も係の仕事もがんばっていて、えらいですよ」

先生がほめてくれたのに、お母さんはすぐこう返した。

「そんなことないですよ～。凜子は口ごたえばかりで、朝もひとりで起きられないし、準備《じゅんび》は遅《おそ》いし、宿題も言わないとやらないし、ほんつけねくて。先生、悪いことをしたらどんどんしかってくださいね」

わたし、悪いことなんてしないけど！

あ、「ほんつけねくて」は、「どうしようもなくて」とか「まぬけで」っていう津軽弁《つがるべん》。かちゃくちゃねくて、すぐえへる、ほんつけなし。それがわたし。こんなことばかり言われて、お母さんのことがきらいになるのはトーゼンだと思う。

そして、そろそろ冬休みという日の朝。とうとうわたしの不満《ふまん》は爆発《ばくはつ》した。

青森県《あおもりけん》

きっかけはりんご。青森県《あおもりけん》はりんごの産地で、特《とく》に弘前《ひろさき》のりんごはおいしい。りんご畑が二十キロもずっと続《つづ》く「アップルロード」と呼《よ》ばれる道路もあるくらい。

お母さんは地元青森が大好《だいす》きだから、「青森のりんご」を世界に発信《はっしん》するという野望《やぼう》があるらしい。自分のブログやSNS《エスエヌエス》を駆《く》使《し》して「りんごを使ったレシピ」や「おいしいアップルパイのお店」を紹介《しょうかい》しまくってる。

だからりんごのニュースになると、毎回と言っていいくらい、テレビに登場する。

春ごろ、アップルロード沿《そ》いのりんご畑では、りんごの白い花が咲《さ》きほこる。奥《おく》に見えるのは、津軽富士《つがるふじ》とも呼《よ》ばれる岩木山《いわきさん》。

今年のりんごの出来具合とか、りんごを使った新商品とか。

そういうつながりもあって、親しくなった弘前《ひろさき》のりんご農家さんから、冬になるとたくさんのりんごを送ってもらうんだ。

「今年も立派《りっぱ》ね！　赤いのは『つがる』、黄色いのは『王林《おうりん》』ね」

お母さんは、届《とど》いた段《だん》ボールを開けて、ネットに包《つつ》まれたりんごを取り出した。わたしにはちっともわからないけど、大きさや皮の風合いでなんていう品種《ひんしゅ》なのかわかるらしい。

りんごの種類《しゅるい》はたくさんあって、赤いのは『つがる』『ふじ』『世界一』『ジョナゴールド』、黄色いのは『王林』『トキ』とか。『星の金貨《きんか》』なんていうのもあるんだって。ぜんぶのりんごの品種がわかるとじまんしていたから、お母さんのりんご愛《あい》が本物なのはまちがいない。

お母さんが「さてさて、さっそくいただきましょ！」と鼻歌を歌いながら、りんごを切り始めた。ザクッ。まな板の上でまっぷたつ。

「わあお。今年の出来は最高《さいこう》かもね」

真ん中の種《たね》のまわりが透《す》きとおっていて、この部分は「蜜《みつ》」といわれている。蜜があると熟《じゅく》した甘《あま》いりんごで、食べる前からおいしいってわかるやつだ。

「今年もおいしいアップルパイを焼《や》けるわね！」

お母さんはりんごを使ったスイーツも上手《じょうず》で、毎年つくるアップルパイはくやしいけどおいしい。いろんなお店のアップルパイを取材《しゅざい》してコツを教えてもらった、「いいとこどり」のレシピなんだって。

弘前《ひろさき》の名物はアップルパイ。「弘前アップルパイガイドマップ」なんていうのもあるくらい。形も、使うりんごの種類《しゅるい》もお店ごとに全然《ぜんぜん》ちがって、お母さんは街中《まちじゅう》のお店のアップルパイを食べたと豪語《ごうご》している。

「りんごの街《まち》」弘前《ひろさき》は、40以上《いじょう》の店がアップルパイを提供《ていきょう》している「アップルパイの街」でもある。　画像提供：弘前観光《かんこう》コンベンション協会《きょうかい》

「ねえお母さん、わたしにもアップルパイのつくり方教えてよ。わたしもつくってみたい」

「凛子《りんこ》にはまだむりよ」

ムカ。「凛子にはまだむり」もお母さんの口癖《くちぐせ》だ。

「火を使うのはまだだめよ。もっと大きくなったら、いっしょにつくりましょ」

そう言いながら、お母さんの手がなめらかに動いてりんごの皮をむいていく。

ザクッザクッ、くるっ。

赤い皮がぽとりと、まな板の上に落ちる。それを見つめているうちに、わたしもやりたくなった。りんごの皮むき。小さなころから何度もこうやってながめているけど、やったことは一度もない。

「お母さん、りんご、わたしも切ってもいい？」

「凛子《りんこ》にはまだむりよ」

ムカ！

「ニンジン切れるからだいじょうぶだよ」

「あれはピーラーでしょ」

わたしがムーッとしていると、お父さんが助《たす》け舟《ぶね》を出してくれた。

「やらせてあげればいいじゃないか。興味《きょうみ》を持つのはいいことだし、何事も、まずやってみないと」

さすがお父さん、いいこと言う！　お母さんは、「もう～、いそがしいのに！」と文句《もんく》を言いつつも、わたしに包丁《ほうちょう》を持たせてくれた。

まな板の上に、新しいりんごを出す。赤くてツヤツヤだ。お母さんは、自分でむいたばかりのりんごをシャクシャク食べながら、わたしの手もとをじーっとにらんでいる。

わたしは左手でりんごをおさえ、包丁の刃《は》をぴょこんと小枝《こえだ》が飛《と》び出たツルの部分にあてた。

「危《あぶ》ない！」

ぐっと包丁に力をこめたら、お母さんが後ろから急にさけんで、ドキリとする。

「包丁がななめよ、それじゃ危ないでしょ、ちがうったら、そうじゃない！」

わたしは包丁《ほうちょう》の柄《え》をもう一度にぎり直して、力をこめる。でも、お母さんみたいにきれいにスパッとは切れずに、途中《とちゅう》で刃《は》は止まってしまった。ドキリとしたせいか、うまく力が入らなかったんだ。

「ほら、言ったでしょ！　凛子《りんこ》にはまだむりだって」

「うるさい！」

たまりにたまった不満《ふまん》が、ドーン！　と噴火《ふんか》した。

「お母さんが後ろでぐちゃぐちゃ言うからうまくいかないの！　もういい！」

大声で言うと、わたしは二階の自分の部屋へと駆《か》けこんだ。大声で怒《ど》鳴《な》ってしまって、胸《むね》がドキドキする。でも、わたしは悪くないよ。

お母さんはガミガミ言えば、もっとわたしがちゃんとすると思っている。逆《ぎゃく》だよ！　言われれば言われるほど、うまくいかなくなって、やる気もなくなっちゃうんだ。

部屋はストーブをつけていなかったからひんやり寒くて、ベッドにもぐりこんだ。カッカしていた頭も、次第に冷《ひ》えていく。

……あーあ。りんご、食べそこねちゃったな。

そのうち、冬休みになり、クリスマスがやってきた。クリスマスは毎年、離《はな》れて住んでいるおばあちゃんが遊びに来てくれる。

お母さんがアップルパイを焼《や》いてくれて、部屋もおしゃれに飾《かざ》りつけて、わたしはプレゼントをたくさんもらう。去年まではすごく楽しかったけど、今年はお母さんとケンカしてるから、ちょっとビミョー。でもおばあちゃんが来てくれるなら、いいか。

お母さんは毎年焼きたてのアップルパイやキラキラのクリスマスツ

リーを写真に撮《と》って、SNS《エスエヌエス》にのせている。わたしはスマホを持っていないから見たことないけど、去年はすごく「いいね」がついたそうだ。だから今年もはりきってたんだけど……。

「この大雪でホワイトインパルスが出動するから、その取材《しゅざい》が入っちゃったの。夜には帰れるけど、アップルパイもむりだし、夕飯《ゆうはん》の準備《じゅんび》もできないわ。せっかくお義母《かあ》さんが来てくれるのに……」

なんとお母さん、クリスマスイブなのに丸一日仕事になってしまったんだ。

ホワイトインパルスというのは、青森空港《あおもりくうこう》の除雪隊《じょせつたい》のこと。ブルドーザーみたいな除雪車《じょせつしゃ》が並《なら》んで、空港に積《つ》もった雪を一気に除雪する。そのようすがかっこよくて、時々全国ニュースにもなる。青森県《あおもりけん》に住んでいると、雪かきなんてあたり前。だけど青森以外《いがい》の人から見ると、東京《とうきょう》

青森空港《あおもりくうこう》では除雪車両《じょせつしゃりょう》34台、約《やく》80名の除雪隊員《じょせつたいいん》が出動し、国内トップクラスの技術力《ぎじゅつりょく》で除雪をおこなっている。　提供：青森空港管理事務所

ドーム十二個《こ》分の空港をたった四十分で雪かきしてしまうホワイトインパルスの技術《ぎじゅつ》は、圧巻《あっかん》らしい。今年初《はつ》の出動ということで、お母さんがリポートすることになった。

「仕事だから仕方ないさ。今年のケーキは、お店で買ってこよう。凛子《りんこ》はおばあちゃんが来たら、ふたりで留守番《るすばん》をしてて」

お父さんに言われ、「わかった」とうなずく。

お母さんとお父さんが仕事に出かけてしばらくすると、吹雪《ふぶき》の中、おばあちゃんがやってきた。

「おばあちゃん、いらっしゃい！」

「ひさしぶり、凛子《りんこ》ちゃん！　すごい雪だねえ」

十二月にこんなに降《ふ》ることはめずらしくて、外は横なぐりの雪で真っ白。雪が道路やブロック塀《べい》をおおって、白一色の世界だ。

「ああ、寒かった」

「はい、どうぞ」

石油ストーブの前で暖《あたた》まっているおばあちゃんに、電気ケトルでいれた紅茶《こうちゃ》を出す。

「ありがとう、気がきくわねえ」

「えへへ」

お母さんがいなくてラッキーかも。だって、もしお母さんがいたら、ぜったい紅茶《こうちゃ》なんていれさせてくれない。わたしがやりたいと言っても、てきぱき自分でやってしまうに決まってるもん。

それからわたしの悪口を言うんだ。「塾《じゅく》にかよわせてるのに、ちっとも成績《せいせき》があがらなくて」とかさ。

「あら、立派《りっぱ》なりんご！」

おばあちゃんが、カウンターに置《お》いてあるかごに山盛《やまも》りになったりんごを見つけて言った。

「凛子《りんこ》ちゃん、りんご食べましょうか。ツヤツヤして、これはぜったいにおいしいりんごね」

赤いりんごはツヤがあって、まるでワックスで磨《みが》きあげたように見える。でも、これはワックスではなく「ろう物質《ぶっしつ》」という天然《てんねん》の成分《せいぶん》。表皮をおおって、りんごを守ってくれるんだって。だから皮のツヤツヤ、ペタペタは、おいしいりんごの目印《めじるし》だ。

……そうだ！

「わたしがりんごの皮をむくよ！」

「あら、いいの？　じゃあお願《ねが》いするわ」

おばあちゃんなら、そう言ってくれると思った！

わたしはワクワクしながら、まな板と包丁《ほうちょう》を取り出した。おばあちゃんはニコニコしながら見てるだけで、何も言わない。その目がとても優《やさ》しくて、わたしは肩《かた》の力がぬけて、うまくできそうな気がしてきた。

ザクッ。ほら、きれいに縦《たて》二つ！

それから、また半分こに切る。これもうまくできた！

芯《しん》を取るのは、V《ブイ》の形に包丁を入れるんだよね。難《むずか》しかったけど、なんとかクリア。あとは、ゆっくりと皮をむくだけ。

「あっ」

お母さんは皮をするーっと長くむけるけど、わたしは二センチくらいでちぎれてしまった。でもおばあちゃんは、ニコニコのまま。

ホッとして、もっとゆっくり、ていねいに皮をむいた。すると、だいぶ長くむけるようになった。

「はい、どうぞ」

ガラスの器《うつわ》に入れて、小さなフォークをふたつそえる。

ちょっと赤い部分が残《のこ》ってて、お母さんより皮が分厚《ぶあつ》くむけちゃったけど、それでも自分でできた。

「ありがとう」

シャクッ。

「おいしい！　甘《あま》くてジューシーで、さすが弘前《ひろさき》のりんごね」

「うん！　おいしいね！」

シャクシャク食べて、あっというまになくなってしまった。

「もうひとつ、むくね！」

わたしはうれしくて、すぐに次のりんごをむいた。二度目はもっと上手《じょうず》に切れて、皮もするするとむける。もしかしてわたし、意外に器用《きよう》かも？

「ふう～、お腹《なか》いっぱい！」

「ちょっと残《のこ》っちゃったわね」

調子に乗って、大きなりんごを三つもむいちゃったから、食べ切れずに残ってしまった。りんごはむいて少したつと、茶色く変色《へんしょく》して見た目が悪くなってしまう。

「これ、どうしよう？」

「凛子《りんこ》ちゃん。こういうときはね、りんごに魔法《まほう》をかけるのよ」

「魔法？」

おばあちゃんは、残《のこ》ったりんごを包丁《ほうちょう》で薄《うす》くスライスすると、お皿に入れて、ラップをかけた。それから電子レンジに入れた。

「ええと……四分くらいかしらね」

チーン！と鳴って、おばあちゃんが電子レンジのとびらを開けると、りんごの甘《あま》～い香《かお》りが部屋中に広がった。

「あつつ……」

ふきんでお皿をつかんで出すと、ホカホカと湯気《ゆげ》が立っている。

「なあに、これ？」

「レンチンりんごよ。大きめに切るとコンポートみたいに、うすーく切るとジャムみたいになるの」

「コンポート？」

「果物《くだもの》を砂糖水《さとうみず》で煮《に》たお料理《りょうり》のことよ」

ラップを取ると、そこには透《す》きとおったホカホカのりんご。ツヤツヤのキラキラで、黄色というより金色だ。

「わあ、おいしそう！」

まるで、アップルパイの中身みたい！

そういえば、お母さんは昨日《きのう》、「アップルパイ用に」と言ってコトコトとりんごを

煮《に》ていた。あれ、りんごのコンポートなんだ。

「おばあちゃんはひとり暮《ぐ》らしだから、りんごをひとつ切っても食べきれないの。だから残《のこ》ったりんごはレンチンして、ヨーグルトにまぜて次の日に食べたりするの」

レンチンりんごを、ひとくち味見する。生のりんごより甘《あま》みがさらに増《ま》していて、とてもおいしかった。

「すごいね、レンジでチンするだけなのに！」

「青森《あおもり》のりんごはこのままでもじゅうぶん甘いけど、そうじゃないのはハチミツをかけたりして食べるといいわね」

「これだったら、わたしにもつくれそう！」

「もちろん、凜子《りんこ》ちゃんならすぐできるわ」

えへへ。「凜子ちゃんならできる」って言われると、なんでもできそうな気持ちになる。お母さんの「凛子《りんこ》にはまだむり」とは正反対の言葉だ。

「あ、いいこと思いついたかも」

キラキラ輝《かがや》くレンチンりんごを見ていたら、アイデアが降《ふ》ってきた！

「なあに？」

「えっと……レンチンりんごで、デザートをつくってみようかと思って」

お母さんがアップルパイのレシピを教えてくれないなら、自分でつくる！　火を使うのは禁止《きんし》されてるけど、このアイデアならいけるかも！


「ただいま！　お義母《かあ》さん、すみません、せっかく来ていただいたのにお留守番《るすばん》させてしまって……」

夜になって、やっとお母さんが帰ってきた。

「おかえりなさい、絵里衣《えりい》さん。雪の中、大変《たいへん》だったわねえ」

ちょうどお父さんも帰ってきて、ふたりとも寒さで顔が真っ赤だ。

「あ〜、疲《つか》れた！　地吹雪《じふぶき》で前が見えなくて、運転がこわかったよ」

お父さんが、ソファーにぐったり。

「急いでクリスマスケーキを買いに行ったんですけど、どこも売り切れで。ケーキは明日にして、すぐ夕飯《ゆうはん》を用意しますね」

お母さんは、もうエプロンをつけてキッチンに立っている。少しくらい休めばいいのに。

「クリスマスケーキはね、あるわよ」

「え？」

おばあちゃんが言うと、お母さんがきょとんとする。

「絵里衣《えりい》さんも疲れたでしょう。まずは甘《あま》いものでも食べて、ひと休みしたら？　それから、みんなでいっしょに準備《じゅんび》をすればいいじゃない」

そう言いながら、おばあちゃんは「さあさあ、座《すわ》って座って」とお母さんをソファーに強引に座らせた。それからニコニコと冷蔵庫《れいぞうこ》を開ける。

「はい、どうぞ」

「あら！　おいしそう。買ってきてくださったんですか」

透明《とうめい》なカップに入った、生クリームにナッツやドライフルーツがかかっている、小さなパフェみたいなデザート。

「どれどれ、いただくとするか」

「中に入ってるのはりんごかしら？」

お父さんは「おいしい！」とパクパク食べてるけど、さすがお母さんはリポーターだ。じっくり観察《かんさつ》して、スマホで写真をパシャッ。

それから、生クリームをパク。生クリームの下には、ツルッとした食感のりんご。その下にはまた生クリームとりんご、土台にはビスケット生地《きじ》。

「これはりんごのコンポートね……うん、おいしいわ」

ドキッ。お母さんが「おいしい」と言った！

「上品な甘《あま》さでいいわね。素材《そざい》のおいしさが生きているわ。お義母《かあ》さん、これはどちらで買われたんですか？」

「ふふ、これ、凛子《りんこ》ちゃんがつくったのよ。まるでお店のみたいでしょう？」

「ええ!?」

「凛子が!?」

お母さんとお父さんが、声をそろえておどろいた。

そう、今お母さんとお父さんが食べているのは、わたしのオリジナルデザート！　おばあちゃんのレンチンりんごで思いついた、「簡単《かんたん》りん

青森県《あおもりけん》

ごパフェ」だ。

つくり方は簡単《かんたん》で、材料《ざいりょう》はりんご、ビスケット、生クリームの三つだけ。おばあちゃんがお土産《みやげ》に買ってきてくれたバタービスケットを数枚《まい》、ビニール袋《ぶくろ》に入れて、手で叩《たた》いて粉々《こなごな》にする。それを大きめの透明《とうめい》カップの底《そこ》に敷《し》き詰《つ》める。うちにはお母さんがお菓子《かし》をつくるときに使うカップがたくさんあるから、それを使った。

そのビスケット生地《きじ》の上に、レンチンりんごを敷き詰める。ジューシーなレンチンりんごの汁《しる》で、ビスケット生地がしっとりと固《かた》まる。

そこに、泡立《あわだ》てた生クリーム。生クリームのつくり方は、パックに書いてあって、砂糖《さとう》を入れて泡立て器《き》で泡立てる。大変《たいへん》だったけど、おばあちゃんと交代でがんばった。

それからさらにレンチンりんごを重ねて、また生クリームをたっぷりのせる。最後《さいご》に、ナッツやドライフルーツの入ったシリアルをトッピングして、出来あがり。

「冷蔵庫《れいぞうこ》にあった生クリーム、使っちゃったけど」

ぶっきらぼうに言うと、お父さんが「すごいなあ、凛子《りんこ》。こんなのつくれるんだ！」とほめてくれた。

「本当に凛子ちゃんはすごいわねえ。気がきいていて、器用《きよう》で優《やさ》しくて。おいしい紅茶《こうちゃ》もいれてくれたし、りんごも切ってくれたのよ」

「凛子がりんごを切ったんですか!?」

お母さんがびっくりしている。

「そうよ？　やっぱり絵里衣《えりい》さんに似《に》たのかしらね、料理《りょうり》の才能《さいのう》にあふれてるわ。将来《しょうらい》はパティシエかしら。料理研究家《けんきゅうか》もいいわね。でもやっぱり、お母さんみたいなテレビで活躍《かつやく》する人になるのかしら？　凛子ちゃんなら、なんにでもなれるわね」

わわわ、おばあちゃん、いくらなんでもほめすぎだよ！　ぜったい、お母さんが「そんなことないですよ！」って言い出すよ。

そう思ったけど、お母さんの反応《はんのう》はすごく意外だった。

「……ほんと、おいしいわ」

そう言って、うれしそうににっこり笑《わら》ったんだ。


冬休みが明けると、わたしは学校の有名人になっていた。

「凛子《りんこ》ちゃんのお母さんがネットで紹介《しょうかい》していたりんごパフェ、わたしもつくってみたの！　おいしかった！」

「あれ、凛子ちゃんが考えたって本当？」

なんと、お母さんがわたしのつくったあのデザートを、「小学生の冬のクッキングに！」とＳＮＳ《エスエヌエス》で紹介したんだ。

冬休み、親子でつくってみませんか？　火を使わないので安心♪
りんごパフェ♡　レンチンりんごで超簡単《ちょうかんたん》！

なんと、今までにない勢《いきお》いで「いいね」がついて、「つくってみた！」

「本当に簡単！」「アイスものっけました〜！」とフォロワーからの「つくってみた写真」もたくさんよせられたそうだ。

それをきっかけに、夕方の情報番組《じょうほうばんぐみ》のお料理《りょうり》コーナーにも出演《しゅつえん》！　いつもは外でリポーターをしてるお母さんが、エプロンでスタジオに登場。その場でりんごパフェを手づくりした。

さすがはお母さんで、レンチンりんごはわざと赤い皮を少しだけ残《のこ》して色あざやかに。ワイングラスのようなおしゃれなグラスを使って、生クリームの上にミントの葉をのせたりして。

司会者《しかいしゃ》やアシスタントの試食《ししょく》タイムになると、「わあ、かわいい！　映《ば》えますね」「おいしい！　本当にレンジでチンしただけ？」と大よろこび。

「小学三年生の娘《むすめ》さん考案《こうあん》のレシピなんですよね？」と司会者にふられると、お母さんはこう言ったんだ。

「そうなんです。娘が自分で考えたんです。クリスマスにつくってくれ

んですか？」

「すてきですね！　やっぱり小さいころからいろいろと料理《りょうり》を教えてたんですか？」

司会者《しかいしゃ》に聞かれたお母さんは、首を横にふった。

「……それが、わたしはあれこれやってあげることが親の愛情《あいじょう》だと思いこんでいて。そのせいで、娘《むすめ》がいろんなことができるようになっていることに、全然《ぜんぜん》気がついていませんでした。だからこのパフェを食べたときは、もうびっくりだったんです。子どもって、知らない間に、こんなに成長《せいちょう》するんだなあって」

生放送で見たけど、くすぐったい気持ちになった。

あれ以来《いらい》、お母さんのガミガミは半分に減《へ》った。それでもまだ多いけど、一番の変化《へんか》は「凜子《りんこ》にはまだむりよ」と言わなくなったことだ。

青森県《あおもりけん》

わたしは心の中でひそかに、（お母さんも成長《せいちょう》したね）と思っている。

プロフィール

吉田《よしだ》 桃子《ももこ》

福島県郡山市在住。日本児童文学者協会会員。『ラブリィ!』『moja』『ばかみたいって言われてもいいよ』『夜明けをつれてくる犬』(いずれも講談社) ほか。

田沢《たざわ》 五月《さつき》

岩手県奥州市在住。日本児童文学者協会会員・「ふろむ」「季節風」同人・岩手児童文学の会会員。『ゆびわがくれたプレゼント』(ポプラ社)、『海よ光れ! 3•11被災者を励ました学校新聞』(国土社) ほか。

おしの ともこ

東京都出身、宮城県在住。「アートのたからばこ」代表・日本児童文芸家協会会員。『おかあちゃんに きんメダル!』(挿画、国土社)、『ねこりん&ねこたん ほんわかにゃんこびより』ほか。

みどりネコ

秋田県横手市出身、宮城県名取市在住。日本児童文芸家協会会員。「まほうの天ぷら」(『まほうの天ぷら』国土社に収録) ほか。

千秋《ちあき》 つむぎ

山形県生まれ。日本児童文芸家協会会員・「季節風」同人。

もえぎ 桃《もも》

青森県出身、仙台市在住。日本児童文芸家協会会員・「季節風」同人。『トモダチデスゲーム』シリーズ(青い鳥文庫)。『小説ブルーロック 戦いの前、僕らは。』シリーズ(講談社) ほか。

ふるやま たく

岩手県出身、仙台市在住。画家。『一本の木がありました』(パイインターナショナル)、『13枚のピンぼけ写真』(岩波書店)、『あなたの一日が世界を変える』(PHP 研究所) ほか。

東北6つの物語

東北スイーツ物語

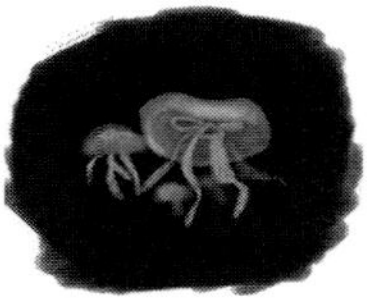

編著　みちのく童話会

装画　ふるやま たく
挿画　おしの ともこ

この物語はフィクションです。実在する人物・団体・出来事とは一切関係がありません。また、文章を読みやすくするため、表記などが実際とは異なっている箇所があります。

装丁　品川 幸人　※写真提供：PIXTA

2024年11月30日　初版1刷発行

発　行　株式会社 国土社
〒101-0062　東京都千代田区神田駿河台 2-5
TEL 03-6272-6125　FAX 03-6272-6126
印　刷　モリモト印刷 株式会社
製　本　株式会社 難波製本

NDC913 216p 19cm　ISBN978-4-337-04405-0　C8393
Printed in Japan

おまけ ／ おうちでつくれる！ 東北《とうほく》スイーツ

スイーツにまつわる物語、
甘酸《あまず》っぱかったね！

ノン（小学5年生）

スイーツおいしそう！
食べてみたいなあ。

ミッチー（小学４年生）

それでは、東北《とうほく》のフルーツを使ったスイーツや、伝統的《でんとうてき》なおやつのレシピを紹介《しょうかい》しよう！ まずは「りんごの気持ち」に登場したレンチンりんごだよ。

とんぼ博士《はかせ》

だれでも簡単《かんたん》につくれる
おしゃれレシピニャン

しっぽ（ネコ）

おまけページ　イラスト：今田貴之進

レンチンりんご

一口大《ひとくちだい》のりんごだとしっとりとした食感に、スライスするとジャムのようになります。

①りんごの皮をむき、カットする。

②耐熱皿《たいねつざら》にりんごを並《なら》べ、ラップをかける。

③電子レンジ 800W《ワット》で4～8分加熱《かねつ》する。

④電子レンジから出し、冷《さ》ましたら完成《かんせい》！

⑤甘《あま》くしたければ砂糖《さとう》やハチミツをかける。

材料《ざいりょう》・道具《どうぐ》

- りんご　1個《こ》
- 耐熱皿《たいねつざら》
- ラップ

トッピングに

- ヨーグルト
- アイスクリーム
- ハチミツ
- 砂糖《さとう》　など

くだいたバタークッキーの上に
レンチンりんご、生クリーム、
ドライフルーツをトッピング♪
おしゃれだし、おいしそう♡

レンチンりんごは、電子レンジの加熱時間《かねつじかん》を長くすれば、しっとりやわらかくなるんだって！

完熟《かんじゅく》したいちじく１個《こ》に、大さじ１杯《ぱい》弱のハチミツをかけ、電子レンジで１分。
あとは冷蔵庫《れいぞうこ》で冷《ひ》やすだけで、完成《かんせい》！

レンチンいちじく

簡単《かんたん》！ りんごケーキ

材料《ざいりょう》

・りんご（大きめ）	1個《こ》
・サラダ油	90cc
・砂糖《さとう》	120g
・たまご	2個
・小麦粉《こむぎこ》	150g
・ベーキングパウダー	小さじ1杯《ぱい》
・シナモン	適宜《てきぎ》
・粉砂糖《こなざとう》	少々

①たまご・砂糖《さとう》・サラダ油をよくまぜ合わせる。

②小麦粉《こむぎこ》・ベーキングパウダー・シナモンを加《くわ》え、さらにまぜ合わせる。

③くし形切りにしたりんごを加え、よくまぜる。

④型《かた》に流し、180℃に予熱《よねつ》したオーブンで30～35分焼《や》く。

⑤型から出し粉砂糖《こなざとう》をふる。

秋田《あきた》に昔から伝《つた》わる

おばあちゃんのばったら焼《や》き

①小麦粉《こむぎこ》に砂糖《さとう》と水を入れ、クレープより少し濃《こ》くなる程度《ていど》にまぜる。

②熱《ねっ》したフライパンに油をひき、中火で表裏《おもてうら》を焼《や》く。

材料《ざいりょう》

・小麦粉《こむぎこ》	100g
・砂糖《さとう》	大さじ1杯《ぱい》半
・水	120mℓ

黒砂糖《くろざとう》を使えば、表面が少しカリカリになって、おいしいんだって。生クリームやフルーツをトッピングすると、クレープみたいにも楽しめるよ。

材料《ざいりょう》も、つくり方もこれだけニャ！?

干《ほ》し柿《がき》

干し柿は、免疫力《めんえきりょく》がアップするビタミンA《エー》、生活習慣病《せいかつしゅうかんびょう》予防《よぼう》につながるβ《ベータ》カロテン、お腹《なか》の調子を整えてくれる食物繊《しょくもつせん》維《い》などがたっぷり含《ふく》まれていて、栄養《えいよう》面《めん》でもすごいんですよ。

材料《ざいりょう》・道具《どうぐ》

- 渋柿《しぶがき》　たくさん
- ひも（長め）　数本

①まだかたい渋柿《しぶがき》のヘタだけを残《のこ》して、皮をむく。

②間隔《かんかく》をあけて、ヘタをひもでしばり、柿《かき》をさげても落ちないようにする。

③軒下《のきした》やベランダなど、風通しのいいところにひもをさげて、干《ほ》す。

④水分がぬけて表面が白っぽくなったら完成《かんせい》！

渋柿は干したり、焼酎《しょうちゅう》につけたりして、渋《しぶ》みをとると甘《あま》くなるんだね。

干す前に柿を熱湯《ねっとう》にくぐらせると、カビが生《は》えにくくなるんだよ。

カラスにつつかれないように網《あみ》をはって干すといいニャ

東北《とうほく》スイーツマップ

提供：平凡社地図出版／ROOTS製作委員会／アフロ